U0904244

吴姐姐讲历史故事

吴涵碧◎著

唐

618年~906年

新世界出版社
NEW WORLD PRESS

魏徵（580 ~ 643 年），选自《历代名臣像解》。字玄成，巨鹿人，幼贫苦，有大志，不事生产，精通纵横之学。初事李密，后归李建成，劝其早除李世民，玄武门之变后，世民爱他高才，不以旧事为念，魏徵遂悉心归于世民，除自己守正不阿外，每见有不当之事，都极力谏争，为“贞观之治”有莫大贡献，也成就一段君臣进谏纳谏的千古美谈。魏徵死后，李世民悲痛异常，慨言痛失镜鉴。

——见《守正不阿的魏徵》，第 1 页。

* 图注内容皆出自《吴姐姐讲历史故事》——编者注

文成公主进藏，青海省湟中县塔尔寺正月十五酥油花。吐蕃为唐西方强敌，据今西藏地区，贞观时，吐蕃英主松赞干布在位，向太宗请娶唐朝公主，太宗不许，引起兵争，后唐军虽胜，亦见识吐蕃势力，又感其意诚，遂以文成公主许之。文成公主进藏后，对西藏汉化和两国交好，均有极大贡献，是中国公主和亲境外最成功代表。

——见《文成公主》，第52页。

武后行从图，唐张萱绘。武则天（624 ~ 705 年），名曌，唐高宗李治皇后，中国历史上唯一女皇帝，文水（今山西文水）人。少性格强直，不习女红，唯喜读书。十四岁入宫为太宗才人，太宗死，入感业寺为尼，旋为高宗李治接入宫中，655 年封后，参与政事。高宗死后，武则天以皇太后名义临朝称制，690 年更改国号为周，自号圣神皇帝。至 705 年冬去世，去帝号，称则天大圣皇后。武则天执掌大权，前后近五十年。执政期间，重农桑，薄徭赋，宗室虽有残破，百姓却无侵扰。英俊当国，君明臣贤，所治号称“贞观遗风”。但后世毁誉，历代未绝，见仁见智，不能定一。

——见《武后垂帘听政》，第 72 页。

狄仁杰（630 ~ 700 年），选自《历代名臣像解》。字怀英，太原人。自幼专意于书籍，不暇他顾；高宗朝任大理丞，一年之中解决一万七千余件悬而未决的案子，以公正公平闻名；武则天用权时，狄仁杰曾为酷吏诬为谋反，他机智应对，先一口认罪，使看守放弃警惕，然后用棉衣传书，获得武后召见，既使冤情大白，又不致死于酷吏鞭笞之下。是武则天所重用名臣中的杰出代表。

——见《狄仁杰的棉衣》，第 95 页。

张九龄（678 ~ 740 年），选自《历代名臣像解》。字子寿，自幼聪慧，九岁能文，闻名天下。唐玄宗做太子时，举天下文士，亲自策问，张九龄高中第一。开元二十二年（734 年）入阁为相，因多谏诤，不中玄宗之意，后又与李林甫不合，因细故，被玄宗罢去相职。张九龄是玄宗朝最后一位贤相，有魏徵之风，无奈唐玄宗并无唐太宗雅量。史家以为，张九龄的罢相，是唐朝由盛而衰的一大关键。

——见《张九龄罢相职》，第 139 页。

杨玉环（719 ~ 756 年），清康涛绘。号太真，陕西华阴人。史传杨玉环“姿质丰艳，善歌舞，通音律”，初为玄宗子寿王李瑁妃，玄宗见后，招入宫做女官，天宝四年（745 年）册贵妃，专宠后宫，杨门富贵，因之并世无双。756 年，因安史之乱，玄宗避兵锋入蜀，路过马嵬驿时，发生兵变，玉环被赐死。其事历代文人多有歌咏，以白居易《长恨歌》最为知名。后世将她与西施、王嫱、貂蝉并称古代四大美女。

——见《马嵬驿的悲剧》，第 183 页。

目录

守正不阿的魏徵

在上一篇之中，我们介绍了唐太宗的虚心纳谏，以及魏徵的敢于直言。

一次，唐太宗在丹霄楼宴饮，席中对长孙无忌道：“魏徵、王珪以前是太子建成的老人，帮助算计朕，着（zhuó）实可恶。好在我能弃怨用才，如今都是我的好臣子了。可是魏徵每次上谏，我若不听从，要再说话，他就不应我了，这是什么意思呢？”

众人的眼光，一起朝向魏徵。

魏徵说：“臣以为有事不可执行方才上谏，若是陛下不听从，我还答应，我害怕陛下会做不该做的事。”

“你就先答应我，再做陈论，难道不行？”太宗问道。

魏徵说：“若是我当面应可，又再陈论，这可不是古代忠臣稷、禹对尧、舜的态度啊！”

唐太宗觉得魏徵这个人正直得可爱，哈哈大笑道：“人家都说魏徵疏忽礼貌，举动傲慢，我怎么认为他很妩媚哩！”

魏徵听到太宗用“妩媚”二字形容自己，有点脸红，马上叩一个头道：“这是因为陛下贤明，魏徵才敢放言。如果陛下不肯接受，臣哪有讲真话的胆子？”

有一天，唐太宗准备去打猎，传话下去，备好了马匹与猎犬，不知怎的，又被魏徵知道了，急急忙忙赶来，站在皇宫门口，想要等待太宗出来时，当面谏告为国珍重，少做危险的事。

魏徵一边在心中盘算如何开口，一边耐心地等着。奇怪的是，左等右等，就是不见太宗出来。魏徵觉得好奇怪，冲入宫中一探究竟。

结果，他发现唐太宗安坐在那儿，不像是要出门的神态。看太宗的打扮，却又是一身猎装，这是怎么一回事呢？

魏徵疑惑地请问："听说陛下要前往南山打猎，怎么还不动身？"

唐太宗看了一眼魏徵，笑着说："不错，我本来是要去打猎的，又担心被你知道了要唠叨个不停，所以现在不想去了。"

魏徵听到太宗如此一说，非常的感动。自古以来，还很少有皇帝如此敬畏臣下的事，高兴得再三拜谢而去，更暗自庆幸遇到了一位明主。

前面说过，贞观年间上谏的臣子，并非魏徵一人，这是因为风气既开，做皇帝的有纳谏的度量，臣子们自然也就敢直言了。

不过有一点唐太宗始终想不通，他问魏徵道："为什么群臣的上书写得洋洋洒洒，可圈可点。然而真的召见他们，却又言语失次，其中的道理在哪儿呢？"

唐人出猎，陕西乾县唐墓壁画。

魏徵回答道："臣观百官奏事，往往在家中打了数日腹稿，等到上朝时，只能表达他的意见的三分之一。更何况，上谏所说的，一定都是有拂皇上心意的事，倘若陛下再一脸不肯假以辞色的模样，臣下当然害怕而不敢畅所欲言。”

自从魏徵说了这番话，唐太宗格外注意自己的态度，尽量地和颜悦色，因此，君臣之间的感情更浓。这也是魏徵的过人之处。如果换了其他有私心的人，皇帝这般信任自己，正可以大权在握，又何必刻意去拉拢太宗与其他大臣的感情?

魏徵，选自《历代名臣像解》。

言路既开，当然也有坏处。譬如有的人乱开口，不近事实；也有的人专在鸡蛋里挑骨头，唐太宗不免觉得厌烦。魏徵又劝解道：“陛下是明君，因此惟恐不晓得自己哪儿犯了错，鼓励臣子们上谏，自然得让他们尽量陈述。如果其言可取，固然有益于国家；如果其言一无可取，也没有什么损失。”

听了魏徵的开导，太宗又释怀了。

有一回，太宗想聘通事舍人郑仁基的女儿纳入后宫，诏令已经发下去了。魏徵听说，郑女已经许嫁士人陆爽，上表请太宗准许陆家这门婚事。

按理说，做皇帝的看上了谁，岂有得不到之理，何况郑女还未正式嫁给陆爽，可是唐太宗立刻命令停止册使，而且下诏责备自己。

房玄龄等不以为然奏称：“许嫁陆氏，并无显状，大礼即行，不可中止。”太宗没有理会房玄龄的话。

陆爽本人更表示：他与郑氏二人之间并无婚姻之议。太宗奇怪地问道：“群臣固然希望我行礼完婚，陆爽又为何如此表白，我不是已经告诉大家停止这件婚事了吗？”

魏徵的回答是：“他以为陛下表面上虽然放弃了，私下会派他的罪名，所以不得不这么做。”

“哦！朕讲的话，这般没有信用吗？”太宗开玩笑道。

唐太宗曾对侍臣说：“贞观以前，跟从我平定天下，周旋艰难危险，这是玄龄的功劳。贞观之后，尽心于我，安国利民，犯颜正谏的，魏徵功劳最大。”

贞观十七年(643 年)，魏徵病重而死。太宗亲临痛哭，停止上朝五日。为了给魏徵厚葬，他下令给羽葆(bǎo)鼓吹及班剑四十人，赙(fù)绢布千段，米粟千石，陪葬昭陵。没有想到，魏徵的夫人竟然婉拒。她说：“徵平生节俭朴素，如今用一品礼葬，非亡者之志。”竟然只用一辆普通的马车载运棺材。

魏徵出殡之日，太宗登上苑西楼，望丧痛哭，下诏百官送出郊外。太宗对人说道：“以铜为镜，可以正衣冠；以古人为一面镜子，可以知道往来兴替的道理；以人为镜，可以自镜中看出自己的得失。我常保有这三镜，以防止自己的过错。魏徵走了，我丧失了最宝贵的一面镜子了。”

唐太宗吃蝗虫

在介绍唐代功臣之时，我们已陆陆续续介绍了唐太宗的许多丰功伟业。现在，我们再介绍几则有关唐太宗的小故事。

太宗在当秦王之时，就在秦王府中养了一批文人，和他们谈论诗书中的道理以及军国大事，彼此相处得十分融洽。到了他当上皇帝，依旧保持礼贤下士、与读书人交往的兴趣。

有一次，唐太宗在玄武门宴请三品以上的官员。酒过三巡之后，唐太宗忽然兴起，命人端来笔墨纸砚，表演一手书法。

太宗对晋朝王羲之的书法最为欣赏，尤其擅长于摹拟王羲之的飞白体。他卷起衣袖，开始露一手功夫，并表示准备把写好的字，送给与宴的群臣。

太宗这一宣布，大伙都非常兴奋！谁不想得到当今皇上的真迹，作为传家之宝呢？因此，太宗每写就一幅，群臣们立刻争着去抢。其中有一个叫刘洎（jì）的人更是过分，他竟然登上御座，站到太宗的背后，等太宗一写完，立刻伸手越过太宗的肩膀，一把抢到了太宗写的字，刘洎的样子真像骑到太宗的背上。

旁边的官员都吓得目瞪口呆，惊讶刘洎的放肆。站在一旁的御史很看不顺眼，便对太宗说："洎登御床，罪当死，请付法。"

没想到，太宗只是笑笑说："昔闻婕妤辞辇，今见常侍登床。"常侍是刘洎的官名，他当时的职务是散骑常侍。床即为天子御座。太宗非但不以为忤（wǔ），反而为大家抢他的字而得意哩。如果是明太祖，臣子如此不守礼法，脑袋非得搬家不可。

太宗不论对臣子对人民，都是宽大为怀。贞观六年（632 年）十二月，他亲自录问关在牢里的重囚，其中有不少是等着问斩的死刑犯。唐太宗对他们表示十二万分的同情，又不能无缘无故的大赦，损害国家的司法。因此，他决定先放这批犯人回家，要他们到第二年的秋天再回来。

当太宗把死刑犯放走之时，许多人都料定他们绝不会再回来，谁肯乖乖地回头就死呢？可是说来也奇怪，到了秋决之际，竟然死囚一个一个如期报到，这只能说是囚犯们感念太宗让他们回家一趟的恩德吧。

不过，此并不表示唐太宗不重法治，例如有一个人叫党仁弘，原来是隋朝的武勇郎将。唐高祖起兵之后，党仁弘率领了两千多人投奔高祖，做到了陕州总管。他极有才略，所到之处都声望极隆。可惜此人有个喜拿红包的嗜好，而且贪心不足。最后，在广州被人告发，搜出赃款达百余万，罪该问斩。

唐太宗想到党仁弘过去对国家所做的贡献，不忍取他性命，在贞观十六年（642 年）十一月对侍臣们说："我昨天见到请诛党仁弘的奏章，哀怜他到了白首还要就戮（lù），想要撤销这个案子，为他求一条生路，想来想去想不出办法，请你们帮忙找一个让他获生不被诛杀的理由。"

过了没有几天，唐太宗又召集五品以上的官员在太极殿前自责道："法律者，乃为人君者所受命于天者，不可以为着私心而丧失信用。今天朕私心偏爱党仁弘，希望把他赦免，是乱其法，上负于天，朕准备坐卧于草席之上三天，而且要吃三天素，表示谢罪。"

房玄龄等认为太宗不必如此，向前劝道："生杀之柄，本来是人君的权力，何必自我贬责如此！"然而，太宗仍然坚持。因为太宗明白君王手中握有生杀大权，所以他要提醒自己格外公正，以免损害国家大法。

唐太宗出身民间，特别了解贪官污吏危害百姓，所以不仅大公无私治了党仁弘的罪，而且平日最痛恨官员贪污。

为了试验官员们的廉洁，他派人去试行贿赂，结果有一个守门令吏收了一匹绢布，太宗很生气，决心杀一儆百，把守门的小官杀了。

民部尚书裴矩对此不以为然，他上谏道："为吏受贿，罪诚当死，但是陛下诱人入罪，恐怕不合《论语》之中所说的导之以德、齐之以礼的原则。"

太宗觉得裴矩说得有理，当众承认错误，嘉勉裴矩。自从太宗厉行严禁贪污之后，唐朝的政治风气十分清廉。可是有一回，长孙皇后的叔叔长孙顺德，居然受人馈赠，事情败露之后，太宗不但没有治他的罪，反而在殿庭之上，赐了数十匹上好的绢布。

大理少卿胡演，看着不服气道："顺德受了贿，罪不可赦，为何还要赐给他绢？"

唐太宗说："长孙顺德如果有功于国家，朕可以把国库中的财富分给他，他又何必贪污？我现在故意当众赐绢给他，他如果有人性，应该视之为奇耻大辱，比受刑还要难过。"果然，长孙顺德在此之后，成为一个最清廉的官吏。

唐太宗的虚心纳谏，是历史上有名的，可是有一回他不肯接受臣下的上谏。那是贞观二年（628 年），关中闹蝗灾，人民活不下去，有的人迫不得已只好卖儿女，太宗为此十分痛心。有一天，他在宫中见到数只蝗虫，用手掇起数只对天祷告："民以谷为命，而你竟然吃掉谷子，不如来吃我的肺肠吧！"拿起蝗虫，就要往口中塞。左右急忙劝阻："吃下去会生病的啊！"可是，太宗仍然吞了几只蝗虫。

吃蝗虫固然是一件很可笑的事，可是太宗能够勤政爱民，遵守礼法，才造成了贞观之治。

太子承乾想当突厥人

唐太宗一生英明果断，开创贞观之治的局面。可是太宗的晚年，却为了不能解决家庭儿女之间的纠纷，万分的痛苦与烦恼。

唐太宗的长子诞生于承乾殿之中，所以命名为李承乾。武德三年（620 年），被封为恒山王，七年（624 年）又被封为中山王。等到太宗即位为皇帝，顺理成章被命为皇太子。当时承乾才八岁，聪明活泼，很得太宗的喜爱。

当承乾渐渐长大，染上声色犬马及畋（tián）猎的不良嗜好。他担心太宗知道自己奢靡的坏毛病，在宫臣（太子宫中的属官）面前总是一本正经论忠孝之道，不时还洒几滴眼泪，表示对于道德学问的感动。

等到承乾退归到自己的宫室里，却和小人玩亵（xiè）狎（xiá）昵好不快活。万一有哪一个臣子想要上谏，被承乾知道了，他立刻装成诚惶诚恐的模样，正襟危坐，一而再再而三地谴责自己的过失。臣子们看到太子知过必改，态度谦逊，也就不便多说。因此，在承乾早期，他还以贤能闻名于外。

承乾太子的喜好与一般人不太相同，他向往塞外的游猎生活，曾经制作了一个八尺高的铜炉，又监工做了一个可以容纳七斗二升的大鼎。然后命令一些亡命之徒，到民间盗取大批的马牛。承乾亲自在大鼎中烹煮马牛，与所宠幸的厮役一块儿吃喝。

他对于中原文化没有兴趣，对突厥语和突厥人的服饰倒十分偏好。承乾亲自挑选了一批外貌长得像突厥的手下，每五人为一落（一队），大家都像突厥人一般头发编起了辫子，身上穿着羊裘，并且制作了一面突厥大旗，旗子上画着五头狼为标帜。

唐太宗皇帝之真像，佚名绘。

等到这一切都布置妥当了，承乾太子设置了一个毡帐，和突厥王一般端坐在其中，自个儿现杀现宰现烹羊只，然后抽出佩刀，割下羊肉送入口中。这种塞外的生活，对承乾而言，真是乐在其中。

有一天，承乾又想出了一个新点子。他说："现在，我假装当可汗，可汗去世了，你们效法突厥的丧仪。"

说着，承乾一头栽到地上装死。然后左右嚎啕痛哭，骑在马上，对着"尸体"环绕着走，在走近承乾身旁时，用刀子割自己的脸。

用刀割脸称之为剺（lí）面，这是戎狄普遍的风俗，表示对死者的哀悼，或者发重誓。

这一群人在承乾身旁又哭，又叫，又割面，玩了好半天，承乾依旧兴趣未减，也丝毫不觉得不吉利。

最后，太子承乾忽然翻身而起道：“等到有一天我拥有天下之时，我一定要率领数万骑兵到与突厥接壤之处去巡猎，然后和突厥人一般把头发解开，当一个突厥人。”

太子承乾好学突厥之事，终于传了出去，许多大臣纷纷上谏，惹得承乾十分的不悦。当承乾悄悄引突厥达哥支入宫之后，于志宁上书谏曰：“……突厥达哥支等，人面兽心，岂得以礼教期，不可以仁义待。”

由于每次有臣子上谏承乾，太宗总会厚赐金帛，太宗本人就是最会纳谏，所以承乾十分恼怒，干脆派遣刺客张师政和纪干承基去刺杀于志宁。

当这两位刺客到了于志宁的宅第，赫然发现于志宁虽然位居相职，可是居处简陋，头枕着砖块，身上盖的是草席，竟然不忍心下手。

承乾太子有一个叔叔汉王元昌，由于时常兴起一些不法的勾当，经常被哥哥太宗责骂，心里头的怨恨甚深，刚好与侄子承乾臭味相投，可以玩在一块儿。

由于太子承乾的脚有点儿跛，不良于行，或许是自卑感作祟（suì），反而更喜欢好勇斗狠。他与汉王元昌两人朝夕同游戏，又想出一套新鲜的玩法。

太子承乾与汉王元昌各自带领一支队伍，披上毡甲，手上拿着竹矟（shuò），面对面互相冲杀，大呼交战，击刺流血，这真是既危险又残忍的娱乐。许多被编入队伍者都不太愿意参加，像这种不服从命令的，承乾就把他们绑在树上猛打一顿，甚至还有打死人的事情。

久而久之，承乾血液中的野性益发汹涌了。他说：“假如今天是我当天子，明天我就要在苑中设置一个万人营，与汉王分别率领一队，然后观其战斗。那样，岂不乐哉！”又说，“等到我当上皇帝，我可要极情纵欲玩一个痛快。谁敢上谏，就取谁的脑袋。这样，不过杀个数百人，自然没有人再啰嗦了。”

承乾的作为，逐渐传到太宗的耳里，使得太宗为儿子的不肖异常伤心。过了没有多久，又发生一件让太宗动怒的事……

太子承乾看上一名十多岁大的乐童，他长得眉清目秀，能歌善舞，承乾十分欣赏，特别为他取了一个名字叫称心，表示称心如意。白天两人在一块儿厮混，连晚上也都睡在一块儿。

有人把消息传到太宗耳中，太宗看承乾愈来愈不像话了。一气之下，把称心给杀了。承乾失去称心之后伤心不已，在宫中开辟了一个房间，立了一个称心的像，朝夕奠祭，徘徊流泪。更为称心做了一个冢（zhǒng），立了一块官碑。

太宗晓得了承乾的荒唐举动，十分的不高兴，太子也知道父王不满意，干脆称疾不上朝。父子之间，展开了冷战。

魏王泰的野心

唐太宗的太子承乾双脚不良于行，性格乖僻，不愿意做汉人，倒是一心一意学习突厥人的风格。他私自养了一个乐童称心朝夕相伴，被太宗赐死之后，承乾哀伤不已，从此托病不上朝，动辄数月之久。

想当初太子承乾倒还装模作样，假装当一个正人君子，如今被拆穿了，他也就不再隐瞒。他命令数百户奴隶学习胡人把头发束在头顶，盘挽成为锥形的髻，又学习胡人的歌舞。自此，鼓角之声，日日夜夜，从太子的宫中传了出来。

太子承乾的任性胡为，他当然知道勤于政事的父皇太宗心中不悦，何况他还在一直怀疑，乐童称心的事被告发，恐怕是他的四弟魏王泰告的密。

魏王泰是唐太宗的第四个儿子，从小就擅长提笔写文章。武德三年（620 年），被封为宜都王，贞观十年（636 年）被封为魏王。太宗本人雅好文学，见魏王泰颇有乃父之风，心中暗喜，特别准许魏王泰自己设立一个文学馆，任他自由召引学士，类似太宗当年在秦王府设立文学馆一般。

魏王泰不知是否营养太好，肚皮有点肥大，鞠躬下拜比较困难。唐太宗为了体恤他的腰腹宏大，举动不便，特别准许他乘坐小轿子入宫，可以见得太宗对他的宠爱。

贞观十二年（638 年），司马苏勖（xù）以古来帝王多半引用宾客著述，为世所称道，劝魏王泰向太宗请求撰写《括地志》，太宗答应了。当贞观十五年（641 年），《括地志》在魏王府中文学士的通力合作之下完成以后，太宗大为喜悦，赐给他许多宝物。此后，每月发给魏王泰的料物，竟然超过太子承乾。

谏议大夫褚遂良曾为此上谏，提醒唐太宗："当亲者疏，当尊者卑，将会私恩害国。"太宗接受了褚遂良的意见，减少了对魏王泰的供差。后来，太宗要魏王泰搬到武德殿去住，魏徵以为不妥，太宗也收回成命。尽管如此，明眼人都可以看出：太宗心里疼爱的是魏王泰。

魏王泰当然更能体察父亲的偏爱，再加上太子行为常常犯错，又有足疾，心中暗暗埋下争夺太子之位的种子。所以极力表现，折节下士，以争取名誉。黄门侍郎韦挺、工部尚书杜楚客两人，更为魏王泰到处活动，要结朝士，并且用金钱贿赂朝中权贵，一时之间，人人都夸魏王泰聪明好学，应该作为皇位的继承人。

在这种情况之下，两相对照，太子承乾益发显得不堪，所以太子心中很着急。

吏部尚书侯君集，看清楚了这个形势，准备乘机搅和一番。

侯君集这个人，性情矫饰，喜欢自夸，虽然会玩弓矢，但功夫不算到家。他是太宗当秦王的时代被延揽入府，在诛杀建成和元吉的玄武门之变中，出了不少力，渐渐被太宗所重用。

贞观四年（630 年），李靖被任命为西海道大总管，奉命讨伐吐谷浑，侯君集做李靖的副手。吐谷浑被平定之后，侯君集也升了官，改封陈国公。侯君集是行（háng）伍出身，胸无点墨，如今才开始读书识字。

贞观十一年（637 年），高昌王麴（qú）文泰十分的自大，不肯入朝进贡。太宗屡次令召麴文泰入朝，他总是以有病相推托。最后，唐太宗派遣侯君集前往讨伐。

高昌仕女图，新疆维吾尔自治区吐鲁番市阿斯塔那古墓出土。描绘的是高昌贵族妇女，体态略胖，有唐人风格。

高昌王原先听到这个消息不以为意，他对国人说："唐国离开此地有七千里，其中沙漠宽约二千里，地无水草，冬风冻寒，夏风如焚，风所吹过，行人多死，怎能行走大军？就算大军到来，二十天之内，粮食必然吃光，我们又有什么值得忧虑的呢？"

没想到，侯君集竟然真的到了高昌国城外，他想出了一个奇怪的战法，用撞车的反弹力量，把大石头抛向城中，凡是被石头击中的，无不当场毙命。高昌国受不了凌厉的石头攻击，开门投降。

侯君集平定高昌国时，没有马上报奏朝廷，又私自取用高昌国的宝物。其他的将士晓得消息，也抢着来搜宝。侯君集惟恐部下举发他做的好事，只有容忍部下进一步的胡作非为。

后来，侯君集到了京城，被人举发，下诏入狱。中书侍郎岑文本，以为有功的大臣不可轻加屈辱，为他求情，侯君集才被放出。

侯君集自认为在西域之间立了大功，竟然因为贪污被捕下狱，心中怏怏（yàng）不乐，言语之间对朝廷极为不满。唐太宗虽然仍把侯君集的画像列在凌烟阁之上，却没有重用他，所以，侯君集一直郁郁不得志。他不检讨自己败德收红包，总认为是国家对不起他。

如今，满怀怨恨的侯君集，眼见太子昏暗庸劣，魏王泰又有夺取太子位之意，认为这是他翻身立功的大好机会。所以，他三番两次建议太子承乾造反，并且举起大手对承乾道："这只好手，正准备为殿下所用。"遂决定了谋反的计划。

侯君集决心谋反之后，很担心秘密外泄，心中不安，常常半夜睡了一半，突然自床上惊醒，然后唉声叹气老半天。他的妻子知道其中有鬼，对他说："你为国之大臣，必有不善之事，辜负国家，不如早日自首。"

唐太宗审问侯君集

唐太宗的太子承乾无能无德，老四魏王泰有意争夺太子之位。曾在西域灭了高昌国的侯君集，怂恿太子承乾造反。

虽然，侯君集的妻子看出他的神态有异，劝他悬崖勒马，可是，侯君集满肚子的怨愤及不满，促使他要孤注一掷。

侯君集不断在太子承乾面前煽风点火："魏王为上所钟爱，我恐怕殿下会有庶人勇之祸，应该早日有所准备。"

庶人勇指的是隋文帝的太子杨勇，因为老二杨广善于讨好，赢得文帝的喜爱，最后把太子杨勇废为庶人，立杨广为太子，是为以后的隋炀帝。关于这段故事，在前面讲得十分详细。

除了侯君集十分卖力地在策划政变外，汉王元昌也力劝太子造反。在前两篇介绍太子承乾想当突厥人中曾经说过，汉王元昌是唐太宗的弟弟，不学无术，经常受到太宗的责骂，与太子承乾是同一类型的人物，两人常拿着竹稍玩骑马打仗的游戏。

汉王元昌是个好色之徒，他眯着眼睛对太子承乾道："上回我见到你身旁有个美人儿，善弹琵琶，事成之后，希望能把这个美人赐给我。"太子承乾一口答应。

于是，侯君集、汉王元昌以及洋州刺史开化公赵节、驸马都尉杜荷等，平日为太子承乾所亲昵的人，聚在一块儿，用刀在手臂上划了一道口子，流出鲜血，然后用一块干净的布沾上每一个人的鲜血，烧成灰烬，和酒一口吞下，表示誓同生死。

不料，尚未举事，太子承乾想要造反的消息已经走漏，在贞观十七年（643 年）四月被捕下狱。

原来太子承乾和侯君集等人的计划是领兵直接攻入皇宫，挟持太宗。贞观十七年（643 年）三月，太宗的第五个儿子齐王李祐在齐州反叛，太宗命李勣（jì）领兵讨伐，李祐失败被擒，追查李祐的同党，牵连到太子所养的刺客纪干承基，承基也被捕，关在大理寺的监狱内，将要处死刑。

四月初一，承基在狱中告太子承乾谋反，这是重大的告获，立刻送报太宗，太宗命长孙无忌、房玄龄、李勣、褚遂良等大臣共同审问，结果太子承乾谋反的证据确凿，谋反案成立。

依照法律，造反一定要处死刑的。唐太宗问侍臣："将要如何处置承乾？"群臣都不敢吭声。

此时，通事舍人来济站出来讲话："让太子得尽天年，使陛下不失为慈父，能有这样处置就好了。"

唐太宗也舍不得杀掉儿子，下诏废太子承乾为庶人，流放到黔（qián）州（在今天的四川境内）。

那一位希望造反成功后，可以得到美人儿的汉王元昌，唐太宗念在手足之情的份上，本来也想免他一死，可是朝中群臣都表示反对。大臣高士廉、李勣等，更上奏道："元昌包藏凶恶，图谋逆乱，天地之所不容，人臣之所切齿……"

太宗没有办法，赐他在家中自尽。

至于侯君集，他被收押之后，唐太宗亲自审问，太宗和颜悦色道："朕不愿意你受刀笔吏辱没，所以朕亲自鞫（jū）讯。"

侯君集不肯承认参与其事，等到唐太宗拿出侯君集与太子往来的书信，他才俯首认罪。

唐太宗叹了一口气道："君集对国家有功，可不可以免他一死？"群臣都不以为然。太宗对君集道："与公长诀矣！"说着，眼泪夺眶而出。

侯君集知道难逃一死，悲哀地跌倒在地。不久，就在市场上问斩。

当侯君集被绑上刑场，市场四周围满了看热闹的民众。一代名将竟然落到此一田地，他几乎站不稳脚步。刽子手已经就位了，侯君集哭着对监刑将军哀求道："君集蹉（cuō）跌至此，罪该万死！然而事奉陛下于藩邸（秦王府），并且击取高昌、吐谷浑两国，也算对国家具有少许贡献，请求保全我一个儿子，以奉祭祀。"

监刑将军把侯君集的请求报告唐太宗，太宗念在侯君集过去对国家的贡献，特别免他的妻子和儿子一死。按照唐朝法律，造反可是要诛三族的，因此也不能完全开罪，所以，把侯君集的妻子发配岭南，籍没其家。

想当初太宗命令李靖教授侯君集兵法的时候，侯君集曾经秘密上奏："李靖将要造反。"

太宗诧异地问："你有什么证据？"

侯君集道："李靖独教臣粗劣的兵法，不肯教臣精密的兵法，可见得他是想留下一手，作为造反夺取皇位之用。"

唐太宗把李靖找来，告诉他侯君集怀疑他要造反的事情，看看他的反应。

李靖的回答是："这是侯君集自己想要造反的证据，现在海内平定，臣所教予他的兵法，足够制服四夷，而君集一再要求学更多的兵法，这不是为着造反，又为着什么呢？"

他二人互告对方造反，在太宗看来，侯君集及李靖都是过于敏感，也就都不放在心上。

不久，江夏王道宗也上奏道："君集志向大而才智小，自认为建有奇功，对于官位在房玄龄、李靖之下愤愤不平，所以虽然贵为吏部尚书，仍然不能满足，以臣观之，必然迟早会要作乱。"

太宗喝斥道："以侯君集的才干器量，无论担任什么职务都能胜任，朕哪儿会舍不得赐他重位，只是若按次序排等第，还轮不到他，你不要随便猜度（duó）。"

等到侯君集问斩，太宗想起李靖与道宗的话才觉有理。一个心胸狭窄的人，往往不愿意多尽力量，只是一心一意想爬高位，旁人给予的好处不知感恩，稍有不顺就怀恨在心，侯君集就是这样可怕的人。

大书法家褚遂良

在上一篇之中，我们说到：太子承乾沾染胡风，品德败坏，他担心唐太宗日后会把王位传给魏王泰。于是，发动政变，结果尚未起事，就被人告发……

太子承乾既然被废，国不可一日无储君，野心勃勃的魏王泰，趁此大献殷勤，太宗想要把他立为太子，长孙无忌等老臣，则以为应该推长孙皇后所生的另外一个儿子——晋王李治为太子。

原来唐太宗共有十四个儿子，长子李承乾、四子李泰（封魏王）和九子李治（封晋王）是长孙皇后所生，所以，这三个儿子是“嫡子”。古人很重视嫡庶之分，所有的继承都是嫡子优先，因此，太子承乾被废之后，魏王泰和晋王治成为当然的递补人选。

唐太宗对侍臣们说：“昨天青雀（魏王泰的小名）投入我怀中对我说：‘臣今天才得为陛下子，真是臣的重生之日。臣只有一个儿子，当臣将死之时，我会为陛下把独生子杀死，好把皇位传给晋王。’朕见他如此忠厚，更加怜爱了。”

这时，谏议大夫褚遂良站出来反对。他铿锵有力地说：“陛下之言失矣！希望三思。哪里有说陛下千秋万岁之后，魏王泰据有天下之后，他肯杀掉爱子，传位给晋王的道理呢？”

褚遂良顿了一下，又继续指出太宗的错误：“过去陛下既立承乾为太子，又宠爱魏王，使得魏王在礼数上超过太子承乾，方才造成今天的祸害。前事不远，足以为鉴。陛下今天如果要立魏王为太子，则应该先杀掉晋王，始得安全。”

唐太宗被逼得掉下了眼泪：“这点我做不到。”

褚遂良为何许人？他讲话为何分量特别重？让我们放下太子之争，先介绍一下这个人。

褚遂良是唐朝的大政治家，也是历史上有名的大书法家，现在市面上，我们经常可以看到褚遂良的字帖，是学习书法的好范本。

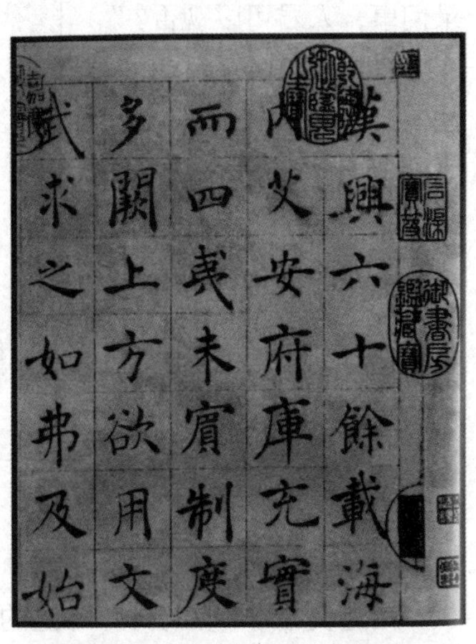

褚遂良书法《倪宽赞》，台北故宫博物院藏。

唐太宗本人写得一手好字，尤其善于摹拟王羲之的书法。有一次，魏徵向他推荐道：“褚遂良下笔遒劲（qiú jìng），秀美又有力，很有王羲之的意境。”唐太宗立刻召见褚遂良，一试之下，果然下笔不凡，太宗万分欣赏。

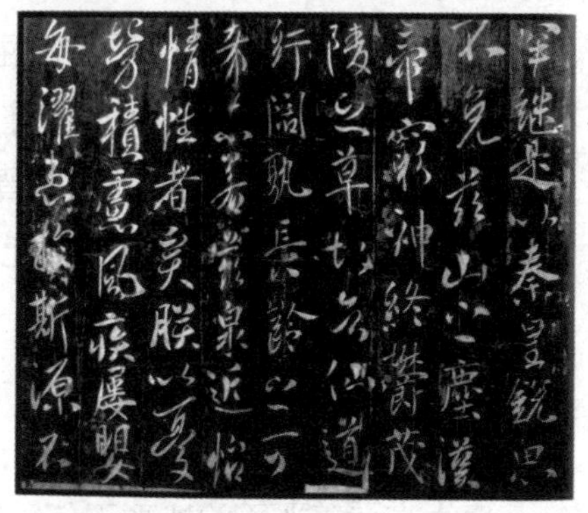
唐太宗书法《温泉铭》，作于贞观二十二年（648年），法国巴黎图书馆藏。

由于唐太宗特别喜爱王羲之的书法，拿出不少御府金帛，购买搜求王羲之的真迹，天下人争着捧出家中藏字前来献宝。其中有的确是王羲之的墨宝，也有不少是人们所伪造的假字。这一件辨别真伪的工作，就落到褚遂良的身上。

唐太宗贞观十五年（641年），褚遂良担任谏议大夫兼

褚遂良，选自《历代名臣像解》。

知起居事的官职，这是诤谏的言官，兼任记载皇帝言行的史官。

有一天，唐太宗对褚遂良说："卿担任起居，记录何事，人君可以观否？"

褚遂良对曰："今之起居，就像古之左右史，皇帝的言行，不论好坏，都要记录下来，以为鉴诫，使得人君不为非法之事，没有听过帝王亲自阅览这种记载的。"

"朕有不善之事，卿也必须记下吗？"唐太宗又问道。

褚遂良恭敬地回答："为臣的职责如此，凡是君主的一举一动都得记录下。"

这就是褚遂良，一位刚正不屈的正直大臣。太宗听了褚遂良反对立魏王泰为太子后，很难过地走回内宫。

魏王泰听说大臣们主张改立晋王治为太子，跑去对弟弟晋王治说："你与汉王元昌交情不错，元昌今与太子承乾造反被杀，你难道不忧心吗？"

自从魏王泰说了这句话之后，晋王治果真忧心忡忡，天天愁眉苦脸，好像大祸临头一般地张皇失措，魏王泰更是倍加小心伺候太宗。

唐太宗看着晋王治忧形于色的样子觉得好奇怪，一连询问了好几次。最后，老实的晋王治，把魏王泰的警告，一五一十地说了出来。

唐太宗听了，呆立了半晌说不出话。他心想：魏王泰还说什么以后愿意拥立晋王治为皇帝，不惜杀掉自个儿的亲生儿子。眼前，魏王泰就容不下晋王治，可见魏王泰非但不忠厚，而且相当阴险。太宗对立魏王为太子一事，开始心意动摇。

再加上太宗责备太子承乾造反时，承乾很委屈地哭诉道："我身为太子，还要求什么？但是魏王泰觊觎（jì yú）太子之位，才有不法的臣子教我谋反，倘若今天果然由泰继立为太子，岂不正好落入他的圈套？"

唐太宗被这件事搅得心烦意乱，缓缓步上两仪殿，殿中只留下长孙无忌、房玄龄、李勣（jì）、褚遂良几个重臣。太宗灰心地说："我的三个儿子，齐王祐、太子承乾、魏王泰，一个弟弟汉王元昌做出这种事，我也活得没有意思了。"说着，把头直挺挺地往床头撞去。长孙无忌等赶紧争着把太宗拦住。太宗又抽出佩刀，准备自刎，褚遂良眼明手快，一把夺下了佩刀。

然后，唐太宗缓缓地吐出一口气道："我欲立晋王。"

长孙无忌马上磕了一个响头道："谨此奉诏，有异议者，臣请斩之。"

唐太宗转头对晋王治道："还不赶快拜谢舅舅。"（长孙无忌是太宗长孙皇后的亲哥哥。）

不久之后，唐太宗亲临太极殿，召集六品以上的文武百官征询大家的意见谓："承乾悖（bèi）逆，泰亦凶恶阴险，朕欲选诸子为嗣（sì），谁可以当此大任？"

百官们齐声欢呼："晋王仁孝，理当为嗣。"

太子承乾与魏王泰鹬（yù）蚌相争的结果，晋王治渔翁得利被立为太子，是为日后的唐高宗。

唐高宗渔翁得利

贞观十七年（643 年）四月，唐太宗正式诏立晋王治为太子，在天门楼大赦，宴饮三天。太宗对侍臣们说："我若是立泰，等于告诉天下人：太子的位置可以用营求的手段得到。现在承乾与泰皆弃而不用，传诸子孙，可以作为一个榜样。"

太宗话是如此说，私心里总是不太欣赏晋王治。认为他过于仁弱，被魏王泰一吓唬，马上忧形于色（见上篇），未免胆识太小。

于是，唐太宗找来长孙无忌密谈："你劝我立治，治懦弱胆小，恐怕不能守社稷，这如何是好？吴王恪（kè）英明果断，比较像我，我想立他为太子，你看怎么样？"

吴王恪为太宗第三个儿子，母亲杨妃是隋炀帝的女儿，出身很好。李恪善长骑射，文武全才，太宗十分钟爱他。可惜他不是正宫长孙皇后所生的嫡子。

长孙无忌马上摇头，表示绝不赞同。

唐太宗有点不高兴道："他不是你的亲外甥，你就不肯同意？"

长孙无忌婉转地劝道："太子仁厚，正为守成的良主。太子位重，怎么可以一而再、再而三的更易，祈望陛下三思。"

太宗这才打消更换太子的念头。

然而，对于李治的仁弱，唐太宗心中始终在嘀咕。有一天上朝，太子李治在旁伺候。唐太宗看看他，对群臣们说："太子的性情仁弱，民间可曾知道？"

长孙无忌道："太子虽不出宫门，天下无不钦仰圣德。"

唐太宗叹了一口气道："我像治这个年纪的时候，倜傥（tì tǎng）不羁（jī），不守法度，治却从小宽厚。俗话说得好，生下了一匹狼，还担心他不要像只羊般的软弱。以太子这种性格，真叫人不放心。不过，等到他长大以后，也许会能有所不同。"

"陛下神武，是一位拨乱反正的创业帝王。太子仁恕，正为守成之君。这正是上天所赐给我大唐的福气啊。"长孙无忌设法宽慰唐太宗的心。

除了太子的懦弱，使得唐太宗不悦之外，太宗晚年还有一件事让他心烦。

左武卫将军李君羡，在贞观二十二年（648 年）某天赴玄武门，却在大白天竟然看见了太白金星。太史卜了一卦，说此表示"女主昌"。

民间又盛传秘记记载："唐朝三世以后，女主武王，代有天下。"唐太宗也听说了这个传说，十分厌恶。

不久，正好太宗在宫中赐宴武臣，行酒令，一个一个说自己的小名。轮到李君羡，他的小名竟然是五娘。

唐太宗一听，立刻想到民间传说，当场愣住了。过了一会，才打趣地说："哪有像你这般勇健的女子啊！"

下朝之后，太宗一打听才知道，李君羡不但小名五娘，连他的官称封邑中间，都带有一个"武"字。莫非传说之中的"女主武王"，正是李君羡？太宗益发地厌恶此人。

后来，李君羡出任为华州刺史，有一个叫员道信的跑来找李君羡，说是自己能够不食五谷，又能通晓佛法。李君羡对他相当佩服，两个人常常屏（bǐng）去左右，相与密谈。有个御史就向朝廷参了一本，说是李君羡与妖人交通，图谋不轨。

刚好，太宗正在担心李君羡会不会就是传说中的武王，于是，

千古一帝李世民，唐阎立本绘。

太宗乘机把他处死，籍没其家（籍录上所有的东西，全部没收）。

李君羡虽然解决了，可是秘记上所写的，到底是不是他，谁也不敢说。

唐太宗把太史令李淳风找来问话：“秘记中所说的，到底可不可信？”李淳风回答：“臣仰稽天象，观察历数，这个人已经在陛下宫中为亲属。从现在起三十年以后，将要据有天下，大杀唐朝子孙。此一征兆目前已在天象之中显现出来了。”

太宗大吃一惊道：“凡是有可疑的都杀掉，如何？”

“天之所命，人不能违也。且命中注定为王者不会死，徒然多杀无辜。而且从今以后三十年，其人必定年历已老，或者心存慈心，为祸也许不大。假如今天滥杀很多，恐怕陛下子孙反而危险。”

太宗原本是个仁君，经过李淳风的分析之后，也就放弃了先下手为强的计划。

太子的仁弱，加上秘记的记载，使得唐太宗对他一手建立的大唐帝国未来的命运忧心忡忡，他要多找一些人扶助李治才安心。于是，他想到了沙场老将李勣。

太宗对太子说：“李勣才智有余，可是你对他没有恩惠，他可能不服你。现在我罢黜他的官位，等到我死了以后，你再起用他做仆射，他一定感激你，必会对你忠心。”

于是，太宗一下子就把官居宰相的李勣（jì），降为叠州都督。不久，太宗病重，在贞观二十三年（649 年）与世长辞。

药王孙思邈

中医是中国传统国粹（cuì），具有深奥的道理。近年以来，许多国外的科学家纷纷钻研中医之奥妙，尤其是日本人在这方面花了相当的工夫。前两年，孙思邈（miǎo）的《千金要方》在日本十分轰动，现在我们就来介绍孙思邈的故事。

孙思邈是唐朝京兆华源人（今陕西省耀县），家境清寒。他童年时代，营养不良，身体瘦弱，时常在疾病之中呻吟。

为了孙思邈的病，他的父亲伤透脑筋。一天到晚抱着他拜访医门，而且为了购买医药，简直耗尽家财。孙思邈小小年纪，饱受病魔摧残。他看到许多可怜病患，因为付不出医药费而死亡，心中颇有感慨。

孙思邈七岁就学之后，开始发愤努力，口诵千言，准备当一个济世活人的好医师。他曾说："救活一条人命是最重要的事，人的生命比黄金有价值得多；金子可以用钱买，生命可以买吗？"

他不但研读医学，而且精通庄子、老子、百家之言以及佛家的道理。中国古人认为，一个只懂医术的人不过是方士郎中，充满匠气；只有饱读诗书的读书人，精通医理，才是受人尊重的儒医。

洛州总管独孤信有一回见到孙思邈，与之详谈以后，大为佩服，曾经大大夸奖他为神童。以孙思邈的学问，参加科举，当无问题，可是他已立志悬壶济世，不为时尚风气所动。

隋文帝曾经召他入朝担任"国子博士"，他称疾没有前往，并且对亲人说：“过了五十年，当有圣人出，我要帮助他救人。”

后来，唐太宗即位，召见孙思邈，对他十分欣赏，道：“看到孙思邈，可知有道者实在值得人们尊重。”然而孙思邈还是拒绝了官位，他宁愿在民间为贫苦大众医病。

孙思邈看病认真，而且关怀病人。他把每一位患者，看成自己的父兄，把病人的痛苦，视为自己的痛苦，他虽然成了名医，仍是虚怀若谷，全神贯注，没有一点名医的大牌作风。

行医本来就是要有牺牲忍耐的精神，孙思邈把这种奉献心怀发挥到了极致。非但是不计较“昼夜寒暑、饥渴疲劳”，而且对那些患“疮痍下痢，臭秽不可瞻视”，连家人都远远躲开的病人，依旧耐心予以治疗。因此，凡是被他医好的病人都对他万分感激。

孙思邈的病人之中，有一位是人们所熟悉的——卢照邻。

卢照邻是初唐四杰之一（另外三人是王勃、杨炯、骆宾王）；他是四杰之中，身世最苦的人，一辈子贫病交困。

孙思邈煎药侍父母，杨柳青年画。

卢照邻曾任职邓王李元裕宫中；邓王十分器重他，对人说过：“此人是我的司马相如。”可惜因为病体孱（chán）弱，只有辞官。

卢照邻，选自《历代名臣像解》。

不巧，此时卢照邻的父亲去世。他悲痛万分，号啕大哭，哭得把药全吐了出来，病情一天比一天加重。除了病，他又穷，每天吃野菜汤，穿粗布衣。到了后来，双脚痉挛（jìng luán），一只手竟成为残废。自个儿干脆先挖好坟墓，还时常进去躺着。最后，跳颍水自杀而死。

卢照邻这么一个悲剧人物，曾经拜孙思邈为师。他多愁善感，看到孙宅中有一棵病梨树，引起同病相怜的心理，为梨树赋诗一首。虽然孙思邈没能治好卢照邻的病，可是他的仁心仁术使得卢照邻十分感佩。或许一个人想要有强健的身体，除了生理健康，还要有心理健康。卢照邻把药吐了出来，难怪不易痊愈。

孙思邈除了勤研医学，又积极吸取民间偏方，经常跋山涉水去亲自请益。他曾说：“读了三年书，便以为天下无病可治，自以为很懂了；可是治病三年，才知天下无方可用，不懂的还太多。”因此他极为重视临床经验。

有一天，他走在路上，看到四人抬着一口棺木，一位老婆婆在棺木后哭得痛不欲生。原来棺木中躺的是她的独生女儿，孙思邈发现棺木中滴出几滴鲜血，大为吃惊。问明病情之后，立刻呼叫“开棺”。

棺木打开之后，分明是个面无血色的死人。可是孙思邈选中部位，打了一针；不久，妇人慢慢苏醒，而且生出一个小孩，母子平安，众人都呼他为活神仙。

这不是奇迹，而是孙思邈对妇产科极有研究。中国古代儒医，基于重男轻女的观念，大半不屑研究妇女病，孙思邈是医学上创建妇产科之第一人。

此外，孙思邈在综合治疗中，特别重视针灸；在他所著的《明堂针灸图》中特别介绍了针灸疗法。

有一天，一位病人腿疼，孙思邈为他打针，那位病人被打了好几针，还在喊痛。孙思邈心想，莫非除了三百六十五个穴道之外，还有新的穴位。

于是，他用大拇指慢慢地按捏病人，一直问：“是不是这儿痛？”最后，他捏到某处，病人“啊，是……”地叫了起来。从此之后，痛在哪儿，就在哪儿针灸，随痛点所在而定的穴位，都称为“阿是穴”。

孙思邈不但精于医术，更精于药学。他经常上山采药，反复试验，他的著作《千金要方》流传千古，人们称之为药王。中国古代有许多医学贡献，可惜囿（yòu）于“祖传秘方”不能发扬光大，实在可惜。

白袍小将薛仁贵

说到薛平贵或是薛仁贵，中国人都会发出会心的微笑，因为这是人们最为熟悉不过的历史故事的要角。许多人把薛平贵与薛仁贵分不清楚，也有人误以为两者为同一个人。其实，薛平贵乃一虚构的人物，薛仁贵则为正史之中有记载的唐朝名将。

在京剧《红鬃烈马》这出戏之中，薛平贵是个落魄潦倒的乞丐，正巧碰上王丞相的女儿王宝钏抛绣球招亲。他抢到了绣球，王丞相不愿意把宝贝女儿嫁给这个穷小子，可是王宝钏却毅然决然与薛平贵成亲。

他二人婚后，生活十分艰苦，王丞相设计把薛平贵骗去打西凉，希望王宝钏可以改嫁。然而，王宝钏苦守寒窑十八载不改初衷，仰赖母亲的暗中接济过活。

薛平贵在西凉国被代战公主给看上了，招为驸马爷，也忘记了苦守寒窑的王宝钏。有一天，薛平贵打下一只雁子，雁子脚上系着一封血书，原来是王宝钏写的，他才想到回转家乡。

到了家门口，薛平贵非但不知道反省十八载来对于妻子不闻不问，反而装成别的男人，故意调戏王宝钏，一试贞节。发现王宝钏果然秉守妇道，方才夫妻相认。最后，薛平贵打垮长安的军队，成为唐朝皇帝。

这一段故事，经过戏剧的流传，不少的人信以为真。尤其是苦守寒窑，忍受委屈，不怨不尤的王宝钏，成为中国妇女的典型象

薛平贵与王宝钏，选自《戏剧画册·赶三关》，清人绘。

征。其实，史书之中并没有这一段。唐朝是李家天下，从来没有一个皇帝姓薛的。

薛仁贵征东的故事，也是流传很广，不过与正史记载颇有出入。现在，我们就以新旧唐书为本，为大家介绍一下真实的薛仁贵。

薛仁贵，绛州龙门人，少年时代家中贫贱，仅靠几亩田为生。有一年，他正准备改葬祖先坟墓，他的妻子柳氏对他说：“你有高世的才能，要碰到适当的机会才能够发达。现在天子亲征辽东，四方征求猛将，此为难得的时机，你何不前去求取功名？等到他日富贵还乡，改葬祖先坟墓，也不至于像眼前这般寒伧（chen）。”

薛仁贵觉得柳氏这番话，正好说中他的心坎儿里，当天就去投靠张士贵将军。

他随着张士贵的军队到了安地，这时刘郎将被贼兵围困，薛仁贵一马当先，把刘郎将自重重危机中抢救出来，而且杀了贼人首领，立下大功。从此，薛仁贵三个字渐渐被叫响了。

唐太宗亲征辽东，高丽（lí）大将高延寿率领大军二十万拒战，倚着山坡结屯。唐太宗发下命令：“诸将分别击之。”

薛仁贵为着等这个在皇上面前表功的机会，已等了许久了，他有把握可以打胜这一战，特意打扮一番，换上一件簇新发亮的白色战袍，手中拿着戟，腰旁挂着两弓，腰扎得紧紧的，年轻英俊，气宇轩昂。

唐太宗远远观战，只见一位白袍小将，大声呼叫向前奔冲，武功高强，身手矫健，一路上所向披靡（mǐ），贼人一溃（kuì）而散，忍不住暗暗叫好。

唐太宗在年轻时代，也以骁悍、勇猛、年少气盛著名。看到白袍小将正在马上奔驰，仿佛看到当年的自己，唐太宗顿生英雄识英雄的惺惺相惜之感。他立刻派人去打听："先锋白衣者为谁？""薛仁贵！"对方恭敬地回答。太宗马上亲自召见薛仁贵，赐马两匹，绢四十匹，大大夸奖了一番，而且破格拔擢（zhuó）为游击将军兼云泉府果毅。太宗一向最懂得任用人才，鼓励人才，这又得到一次最好的证明。

薛仁贵三箭定天山，选自《马骀画宝》。

征讨辽东军将还之时，唐太宗更勉励薛仁贵道："朕旧有的将领都老了，急于拔擢骁勇英雄，选来选去，没有比卿更强的。朕不喜得辽东，喜得卿也。"又把薛仁贵升为右领军郎将。

因为太宗的信任，薛仁贵更加真心不贰。太宗去世之后，他又继续效忠高宗。一次，高宗住宿在万年宫，到了半夜，突然洪水暴涨，宿卫们都吓得抱头鼠窜，只有薛仁贵不肯走。他不满地说："作为宿卫之士，天子有急难，岂可贪生怕死。"说着，他站在门前横木之上大声呼叫，惊动了宫内的人，高宗得以从容逃难迁到高处。一会儿，洪水浸入了玄武门，冲死三千多人。高宗死里逃生，对薛仁贵十分感激，感叹道："赖卿惊呼，朕方能免于沦溺，始知天下有忠臣也。"

显庆二年（657年），薛仁贵大破高丽（lí）。不久，他又将领兵攻击九姓突厥于天山。临行之前，唐高宗对他说："古代善于射箭者，曾有一箭射穿七重铠甲的纪录，千古传为神技。卿试射五重铠甲如何？"薛仁贵拉满了弓，一箭过去，五张甲皮都穿了孔。高宗大为赞赏，赐他一副最好的坚甲。

当时，九姓突厥有十余万之众，派出十多名骁勇前来挑战，还没有搞清楚怎么一回事，薛仁贵连发三矢，就射杀三人，其余的人都看呆了，一块儿下马请降。因此，军中流传着一首歌谣："将军三箭定天山，战士长歌入汉关。"

后来，薛仁贵受人牵累贬官。不久，高宗又思念其功，再度起用，率兵攻击突厥于云州。突厥问："唐将为谁？"唐兵回答："薛仁贵！"

突厥不相信道："听说薛将军流放到象州之后，不久就死了。"

薛仁贵摘下头盔，突厥们仔细一看，相顾失色，这场仗也就不必再打了。

薛仁贵子孙五代都为唐朝大将，不过他的儿子既非薛丁山，更没有薛刚和薛蛟等人，那些都是历史小说家所编造的。

小神童玄奘

提起玄奘（zàng），大家一定会想到家喻户晓的《西游记》，花果山中的孙悟空、好吃懒做的猪八戒以及摇着一把芭蕉扇的牛魔王。对于唐三藏一行往西天取经，沿途遇到的妖魔鬼怪也一定留下深刻的印象。

不过，《西游记》只是一部神怪小说，玄奘则确有其人，也曾经往西天取经，遇到许多惊险镜头。但是没有孙悟空、沙悟净相随，更没有魔女随时想吃他那一身细皮嫩肉。

至于“孙悟空的七十二变”这种神话是如何创造出来的呢？那是在明朝时代有一个人叫吴承恩，江苏人，从小聪敏机灵，十分好奇，喜欢偷看神怪传奇。他的父亲要他多读经书，每次看到吴承恩在看这类稗（bài）官野史，马上一把抢过书来，而且少不了一顿臭骂。

吴承恩为躲避父亲的干涉，每次弄到一本唐朝人或宋朝人写的传奇故事，立刻藏到一个隐秘的角落，一口气把它看完。看得是津津有味，满脑子都是神仙鬼怪。

后来，吴承恩渐渐长大了，在官场上颇为不得志，熬了好一阵子，只做到一个小小的长兴县丞。又受不了官场上逢迎拍马的腐朽风气，耻为五斗米折腰，一怒之下，拂袖回到乡里。

当时，正是明朝嘉靖年间，大奸臣严嵩当国，政治败坏，人民苦不堪言。吴承恩又老又穷，隐居在乡间，闲暇无事的时候，幼年

《西游记》插图之《大闹天宫》，清人绘。

的神怪故事浮上脑海。他不敢直言批评朝政，就创造出一个专打抱不平，怀有绝世武功的孙悟空对抗天兵、天神。这些无能的天兵、天神，就是影射明朝昏庸的官吏。

现在我们要介绍的是历史上的玄奘法师，他不是一个说着话便泪如雨落，动不动即魂飞魄散，"耳朵软"、"信邪风"、"听谗言"的唐三藏。他是伟大的宗教家与探险家。

玄奘的本名是陈祎，生于隋文帝开皇十六年（596 年）。他的父亲陈慧，曾经担任过隋朝的江陵县令，因为不满意隋朝的政策辞官在家。

陈祎（yī）是陈慧第四个儿子，当他八岁的时候，父亲开始为他讲解《孝经》。当父亲说到"曾子避席"的时候，陈祎忽然从座位上猛然站了起来，把父亲吓了一跳。

"曾子在听老师说话的时候，一定避席站了起来。现在父亲为我讲书，我怎能不起立呢？"

他的父亲听了他的话，十分感动，更加格外指导他求学。因此，陈祎小小年纪就以博学赢得了"神童"的美誉。

隋文帝晚年，因为太子之争，情绪恶劣，大肆向人民搜括。所以陈祎很小的年纪，已经了解人间疾苦，他抱定志向，为众生解除苦难。

陈祎的二哥陈素，早在大业四年（608 年）就在洛阳净土寺出家，法名“长堤法师”。时常把陈祎带到庙里去住，使得陈祎对佛学产生了浓厚的兴趣，立志做一名和尚。

在当时，当和尚不是一件容易的事，不像今天谁都可以剃度出家。隋朝政府规定，当和尚的人必须品格良好，学问渊博，经过考试，官方发给度牒（许可证）才可以出家当和尚。

陈祎十三岁那一年，炀帝下令招考二十七个和尚。有数百人参加应试，陈祎也在洛阳参加考试。不幸因为年纪太小，名落孙山。

放榜的那一天，陈祎在榜前徘徊流连。主考官郑善果看到这个眉清目秀的小孩，走过来问道：“你是哪家的孩子？”

陈祎对郑善果鞠了一躬，很有礼貌地回答：“我的父亲叫陈慧。”

郑善果又说：“我问你，你小小年纪，为什么不立志做官，却要出家当和尚呢？”

陈祎清朗地回答：“我希望当和尚，在佛经中启发人们的智慧，解除人与人之间的自私与残暴，希望每一个人珍惜自己的人生，更不要轻易毁灭别人的生命。”

郑善果一听之下，大为吃惊，更赞赏陈祎的抱负，他简直不敢相信这番话是出自一个十三岁的小孩子。

因此，郑善果破例录取陈祎（yī），让他正式出家当和尚，法名“玄奘”。

郑善果对友人说：“这孩子具有佛骨，日后会为佛门带来奇光的。”

玄奘跟着二哥，在净土寺住了下来。由于他只有十三岁，庙里的人都看不起这个小和尚。可是时间久了，人们才发现，小和尚对佛理的研究十分透彻。

在十年之中，玄奘读完寺中全部经典。可是“学然后知不足”，他看书看得愈多，愈有更多的疑问。于是，他瞒着二哥，来到湖北的天皇寺。

在天皇寺住了半年，他又到了长安大觉寺，请教过许多高僧。他发现，高僧们都是各说各话，而且许多与他自己的想法不一。玄奘以为，这是由于佛经都是由天竺（zhú）梵（fàn）文（天竺即今天的印度）翻译而来，不免有辞不达意、残缺不全之处。所以玄奘发下愿望——到天竺去取经，研究真正的佛经。

西游记

玄奘发现各个高僧对佛经的解释不一，因为佛经都是由天竺梵文翻译过来，残缺不全，他有意亲自前往天竺，彻底研究佛经。

此时唐朝刚刚建国，国内群雄尚未完全讨平，与外国也还没有正式建交。内外蒙古及新疆一带归服未久，所以严禁内外出入。

玄奘联络了几个志同道合的和尚，向皇帝上书，请求皇上破格允许他们一行前往天竺。可是朝廷中的一些官员把表章给压了下来，所以玄奘等人盼了又盼不见回音，其他的和尚都打消了这个念头。只有玄奘不死心，也不抱怨，利用时间猛读天竺及西域的语文。

机会来了。唐太宗贞观三年（630 年），长安城附近发生严重的虫灾雹灾，农作物受到严重的损失。太宗下了一道紧急命令，要饥民迅速离开灾区，往他地就食。玄奘混在饥民之中，悄悄溜到了河西走廊（武威、张掖、酒泉、敦煌一带）的门户——凉州。

玄奘在凉州的寺庙讲经，他学问渊博，口才生动。短短一个月之中，玄奘的名声已传到西域各地。

此时，李大亮任凉州都督。李大亮是唐朝大将，具有文武才干，为人忠心，唐太宗曾说："当李大亮守夜之时，我便通夜安卧。"唐太宗严禁人们出国，李大亮就严格把关。

有一天早上，守卫向李大亮报告："有一个从长安来的和尚，想要到西域去，不知用意何在？"

唐玄奘西行求法图，安西榆林窟壁画。

“噢，竟有这种事?”李大亮马上下令把玄奘送回长安。

幸亏玄奘得到慧威法师的暗中协助，昼伏夜行，好不容易到达瓜州（甘肃安西县），向玉门关前进。

瓜州刺史很好心地指点玄奘:“自此北走五十里，有一条瓠（hù）卢河，上广下狭，水流很急，人马难渡。过了玉门关之后，有一连五座烽火台，各距一百里，途中没有水草。烽火台中有官兵日夜防守，如果你能走过五座烽火台，再穿过八百里的流沙，就可以到达伊吾国了。”

如此艰困的路程，旁人一听心就凉了大半，可是玄奘勇气十足地继续上路。

途中，玄奘碰到一个胡人，名叫“石槃（pán）陀”，很受玄奘的感动，愿意受戒，拜玄奘为师父，一同前往西天取经。（这大概就是吴承恩灵感的来源，从而创造了孙悟空、猪八戒、沙悟净等人物。）

玄奘与新收弟子石槃陀出了玉门关，发现沿途比他们想象之中还要困难百倍、千倍、万倍，尤其是沙漠之中的鬼魅热风，每每致人于死。难怪在玄奘之前，也有不少高僧有意前往天竺，遇到热风，想想保命要紧，犯不着在沙漠之中，当孤魂野鬼，又折返回去。

一天半夜，玄奘昏昏睡去。朦胧之中，仿佛看到有个人，拿着刀，正朝他一步一步走来。

等到走近了，才发现执刀者正是石槃陀。玄奘也不叫也不嚷，闭上眼睛，双手合十，默念“阿弥陀佛”。

石槃陀走过来又走过去，踱了半天又回去睡了。

第二天一早，玄奘起来，若无其事地整理行装，石槃陀没精打采地坐在石头上发呆。

过了许久，石槃陀鼓起勇气对玄奘说：“再往前走，更加危险，没有水草不说，万一被烽火台的守卫发现怎么办呢？”

玄奘在昨晚早已看出石槃陀有意打退堂鼓，他已深深懊悔一时感情冲动，答应玄奘来到这不毛之地。

玄奘乃出家人，慈悲为怀。他也不责备石槃陀，挥挥手，让石槃陀回去，独自迈向艰苦的旅程。

走了八十里，烽火台终于在望。玄奘白天不敢行动，到了晚上，摸黑前往。忽然间，看到一条小溪，他已经太久没有见到水了，呼噜呼噜喝个痛快。正在把水灌满皮袋时，乐极生悲，一支快箭“咻”的一声闪过他的头顶。

“糟糕，被发现了，”玄奘急中生智，摇手大喊，“我是从长安来的和尚，请你们不要射杀我。”

于是，守卫把玄奘逮住，引他去见守将王祥。

王祥碰巧也是个佛教徒，对玄奘不怕死的精神深表佩服，指引他一条直往第四烽台的捷径。同时告诉他第四烽台的守将是王伯陇（lǒng），正是王祥的兄弟，不会为难他的。

玄奘顺利地到了第四烽台，王伯陇告诉他：“第五烽台守将个性刚烈粗野，最好绕道野马泉到伊吾国去。”

他谢过了王伯陇，绕过了第五烽台，到达了戈壁大沙漠。风沙滚滚，一望无际，十分可怕。

玄奘四顾茫然，缓缓解下皮袋，准备喝一口宝贵的水，润一润干枯的喉头。没想到，一不小心，皮袋掉到地上，刹那间，滚烫的细沙把水吸干了。

这下真是完了，走了一天、两天、三天没有一小滴水，舌燥唇枯，全身无力，肚子里像有一盆火熊熊地烧着，仿佛一张嘴，就可喷出火焰。走着走着，马也累了、渴了，走不动了，眼看着只有死路一条了。

曲女城大会

玄奘困在戈壁大沙漠之中，奄奄一息。他闭起眼睛，默默祈祷佛祖暗中保佑。

忽然之间，五天五夜滴水未进的老马“嘶”的一声站了起来。玄奘急忙跨上马背，任着马儿在沙漠中奔驰。不知道过了多久，顷刻之间，发现眼前一片绿油油的青翠草地，草地旁边有一池清水。幸亏老马识途，才捡回了一条命。

后来，玄奘经过了伊吾国，到达高昌国。高昌国的国王麴（qū）文泰是个佛教徒，老早就仰慕玄奘的名声，在皇宫之中布置了一间上房供他居住，希望他能在高昌国住下。

玄奘如果贪图安逸，根本就不必走上这条辛苦的道路，因此他婉拒了麴文泰的好意。

麴文泰看他不领情，冷笑道：“你如果不肯留下来，我就派人送你回长安。”

玄奘仍然表示非去天竺不可。麴文泰又改用软功夫，每天亲自捧着菜饭去伺候玄奘。玄奘无可奈何，用绝食作为抗议，低头诵经，不吃不喝。

双方僵持四天以后，国王很受感动，答应放他西行，不过有两个条件：一是当玄奘从天竺归国时，得在高昌国居住三年；一是现在先在高昌国讲法一个月后才能启程。

玄奘答应了这两个条件，先在高昌国传了一个月的佛理才启程。走了几百里之后到达凌山，也就是葱岭（帕米尔高原），葱岭高达七千尺，山顶终年积雪。玄奘咬紧牙关，奋斗了七天七夜，越过葱岭，又经过西域二十多个国家，才到达天竺。

当时的印度分为东、西、南、北、中五个部分，全境没有统一。印度人都是骑象，玄奘也挑选了一匹灰色的大象骑着到各地去拜访高僧。

其中最有名望的高僧是戒贤法师，居住在摩揭陀国中的那烂陀寺。那烂陀寺是印度最宏伟的寺庙，也是全印度的学术中心，寺中藏有佛经一百五十部，僧侣有一万多人。

戒贤法师是个一百零六岁的老和尚，他对玄奘不远千里前来求学的精神十分佩服，破例开讲，为玄奘亲自解说瑜伽论。瑜伽论是所有佛经之中最为难懂的。

玄奘在那烂陀寺待了五年，然后又骑着大象到印度各地访求高僧及佛理。一共游历了五十六个国家，足迹踏遍印度各地。

玄奘游历五十六国之后，又回到那烂陀寺，戒贤法师交代他一项任务。

原来当时印度的佛教分为大乘（chéng）、小乘两种，虽然两派都信奉释迦牟（móu）尼，可是对教义的解释却大不相同。玄奘经常挺身为大乘派辩护，由于他口才绝佳，佛理精深，闻者莫不佩服。

戒日王为弘扬大乘佛法，特别在曲女城举办一场佛学大会，邀请全印度的高僧出席，由玄奘主讲。并且欢迎小乘派的和尚提出质疑，更在大会门口贴上一张纸条："如果有任何一字不合理，被人推翻，愿斩头相谢。"

玄奘的讲经一共举行了五天，大家对他的经义无不倾服。小乘派虽然意图反驳，竟然也提不出一个问题。因为玄奘的演说太精彩了，会期一延再延，前后整整十八天才结束。

根据传统，辩论胜利的人要骑在象背上绕城。当天，曲女城万人空巷，挤着一睹中国高僧的神采。

曲女城大会之后，玄奘认为这是学成归国的时候了。虽然戒日王及印度人民一再挽留，玄奘仍然坚持要走，因为他本来就是为取经而来的。临走之时，摩揭陀国的国王、大臣、百姓夹道欢送，流着眼泪，大声呼叫祝福，场面热烈极了。

回程时，他如约在高昌国住了一段时候。可惜在经过信渡河时，忽起狂风，五十箧（qiè）经卷及印度的奇花种子都落入河中，无法捞回。

这时，唐朝的威势已远超当年玄奘前往取经的时代，所以一路上西域各国对这位大唐高僧十分礼遇。除了地势险阻之外，不再有人为的阻挠。

玄奘在于阗（tián）国上了一个奏章给唐太宗，说明当日私自出国的经过，并且叙述冒险取经的情形。唐太宗十分高兴，立刻下诏书欢迎他回国，并且派敦煌官员前往迎接。玄奘出国十九年，回国时已五十岁了。

回到长安之后，太宗请他在弘福寺翻译佛经，又为他开了一

玄奘归来，长安僧侣和崇拜者在一座寺院前列队迎接，佚名绘。

个印度经典、佛教的展览会，更为玄奘建造一个塔，专门收藏他带回去的佛像。同时，太宗亲自写了一篇《大唐三藏圣教序》，长七百八十一字，说明玄奘西游及佛教东传的情形。大书法家褚遂良又用楷书抄了两篇，一篇刻在长安慈恩寺，一篇刻在同州，成为今日著名的书法字帖。

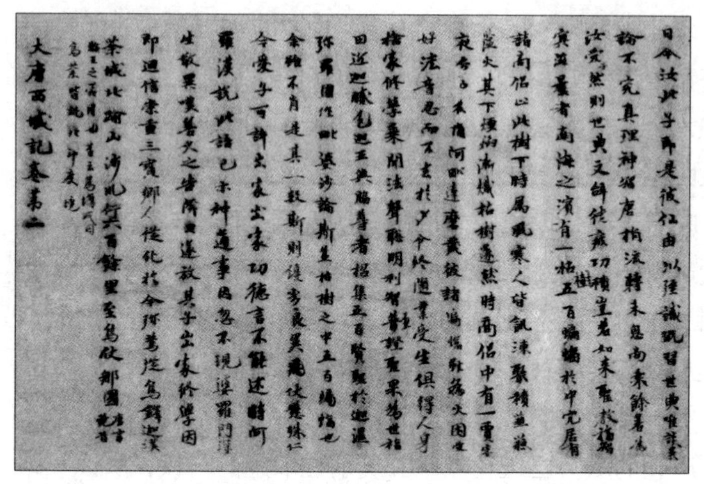

大唐西域記卷第二

《大唐西域记》，玄奘口述，辩机撰写，唐写本，甘肃省敦煌莫高窟。

有一天，唐太宗对玄奘说："天竺佛国路途遥远，从前的史书上也没有记载，你既然亲身去过，何不把所见之事，详细写下来。"于是，玄奘便与他的弟子辩机合作，把西行沿途所见所闻写出来，玄奘口述，辩机笔记，费时一年半，完成了《大唐西域记》十二卷，书中共记载了一百三十八国的山川物产风土习俗等，成为中外交通史上一部极重要的著作。

玄奘把西游的所见所闻，写成《大唐西域记》，这是中西交通史上珍贵的史料。他又把老子《道德经》译为梵文，流传到印度，真正做到文化交流。

唐高宗时，更把玉华宫拨给玄奘居住。玄奘共翻译了经论七十五部，一千三百卷。于麟德二年（665 年）去世，享年六十九岁，前来送葬的僧侣达一百万人之多。

1942 年，日本人在南京中华门外大报恩寺，挖到玄奘法师顶骨，一共分为三块。他们把三块顶骨分藏于南京、北京、东京。1952 年，世界佛教会议在东京召开，中国代表团征得日人同意把玄奘法师灵骨带回中国，现安放在台湾的日月潭，并且建了一座灵骨塔。

玄奘可说是我国留学生最好的范本。他为着求学不辞劳苦，他在异国为国争光，但是他又不眷恋他乡，他奋斗的目标乃是为着自己的同胞，当然受到中外崇敬。然而，古往今来没有任何佛教国家兴盛。中国人民大量信佛，可是古代中国社会人民常在水深火热之中。

刘仁轨大破日军

日本人厚颜无耻地篡改史实，引起我中华儿女强烈的悲愤与不满。在这个时候，让我们回溯（sù）一下历史上中日第一次大战，应该是很有意义的。首先为大家介绍中国方面派出的大将——刘仁轨。

刘仁轨生于隋朝末年兵荒马乱的时代，因为遍地烽火，家里又穷，没有法子专心求学。不过，他是一个很知道上进的好孩子，遇到机会就猛读书本。一个人经常用手指在沙上写字，或者是抬着头，对着天空，一笔一画努力练习。就这样的书天画地，渐渐地博览文学及历史。

在唐高祖武德初年，任瓌（guī）担任河南道大使。有一次刘仁轨看到任瓌写给皇帝的表章有几处不妥，拿起毛笔就更动了几个地方。

本来，没有经过人家的允许，随便修改他人的文章，是件很不礼貌的事。可是，任瓌颇为欣赏刘仁轨的才识与勇气，把他补为息州参军，不久，又改为陈仓尉。

当刘仁轨在担任陈仓尉（约等于一县中的警察局长）之时，他的部下有个叫鲁宁的折冲都尉，脾气暴躁，蛮横放纵，历届的县尉都拿他没有办法。刘仁轨很天真地想劝鲁宁改邪归正。

鲁宁非但不听刘仁轨的苦心劝导，反而比以前更加凶暴。刘仁轨年少气盛，一怒之下居然把鲁宁给打死了。唐太宗接到消息，十分不悦："这是哪儿来的县尉，怎么可以把我的折冲给杀了？"

等到太宗深入调查之后，又非常赞赏刘仁轨的刚正。不但没有处罚他，反而升为栎（yuè）阳令，这又是太宗知人善任的明证。

贞观十四年（640 年），唐太宗将要前往同州打猎，舒散身心。刘仁轨上了一个表章，劝太宗晚个十天，等到农民收刈（yì）终了再出发，以免耽误收成。唐太宗是个很爱民的皇帝，特别降玺书嘉勉"卿职任虽卑，竭诚奉国，所陈之事，朕甚嘉之"，把他升为给事中。到了唐高宗时代，刘仁轨又做到青州刺史。

显庆五年（660 年），高宗有意往讨辽东朝鲜半岛。南北朝时代，朝鲜半岛分为高丽、新罗与百济王国，其中以高丽为最强。隋炀帝、唐太宗都曾出师高丽，徒劳往返。

在这一年，唐朝大将苏定方平定了百济，把百济王俘虏到了京师。百济的王室扶余丰逃到了倭（wō）国，依倭国援助，再与中国为敌。此时，刘仁轨镇守百济。

当苏定方从百济凯旋而归之时，唐高宗见百济已灭，想要讨伐高丽，以雪前耻。不料，足足攻打了半年，高丽的平壤城依旧没有攻下。唐高宗命令苏定方返国，也要孤悬在百济的刘仁轨撤兵回国。

前往讨伐辽东的士兵都愿意西归，可是刘仁轨不肯。他召集了部下开军事会议道："《春秋》之义，大夫出疆，有可以安社稷，便国家，专之可也。"这句话的意思是说：孔子在《春秋》一书中说得很清楚，大夫离开疆土，如果有利国家百姓，可以专权。他又分析道："如果陛下想要灭高丽，不能不制住百济。如果此时西归，沿途危险重重，很可能做了敌人的俘虏。而且百济的扶余丰与下面的人不合，各怀猜忌，迟早内部会起变化。"

果然，不久之后，扶余丰因内部政变，急忙前往高丽及倭国请援。

南朝时的倭国国使，选自南朝梁《职贡图》卷，宋摹本。

倭国就是今天的日本。日本与中国的交往始于何时，各个学者有不同的说法。根据《山海经》的记载，远在周朝的时候，中国已知日本的存在。不过，在中国的古书之中，日本被称之为“倭”或者为“倭奴”，日本人自己也自称为“倭”。

到了隋唐时代，日本不断有使者前来中国，吸收唐朝文化，促成大化革新。汉学兴起之后，他们发现“倭”字太不雅了，方才改称为日本。

日本一方面大量吸收中华文化，一方面又因自卑感作祟，总是想打垮中国，更想伸张势力到韩国，所以与百济王互相勾结。

唐高宗命令刘仁轨离开转往新罗的消息，被百济王扶余丰知道了，十分高兴，派遣使者对刘仁轨说：“大使等何时西还，当遣人相送。”

刘仁轨知道敌人此时一定放松了戒备，乘机出击，占领真岘城，打通了通往新罗运粮的道路，解除了孤悬的危险。

百济王扶余丰做梦也没有想到有此一招，急得赶紧向日本求援。日本派出海军，浩浩荡荡驶向百济。

双方交手了四次，日本准备三四年的兵力全部派出，可是仍然不是唐朝大军的对手。日本船在白江口足足被烧毁了四百多艘，死伤四万多人。整个白江口，放眼望去，烟焰漫天，海水皆赤。扶余丰脱身而逃，他的宝剑被唐军拾获，他的士兵一起归顺唐朝。

这次大战，日本被打得落花流水，不得不暂时放弃大陆政策。

刘仁轨打败百济之后，先收拾骸（hái）骨，予以祭悼，再修录户口，设置长官，再开通道路，建筑桥梁，兴办水利。百济平定后，唐高宗又派李勣（jì）、薛仁贵，讨伐高丽，高丽投降，唐朝在高丽的首都平壤设置安东都护府。中国在国势强大时，每每平服四方，可是并没有压榨当地百姓，反而帮助建设。唐朝如此，明朝郑和下西洋也是如此，这可以代表中国人爱好和平的天性。

文成公主

吐蕃是唐朝在西方的强敌，吐蕃的根据地就是今天的西藏。吐蕃能够汉化，和一位聪敏可爱的公主有关。现在，我们就要讲文成公主的一段故事。

吐蕃为何称之为吐蕃？说起来很好笑，其地本为汉代西羌之地，乃南凉秃发利鹿孤的后代。以后，用秃发为国号，吐蕃即为秃发语译错误而来。从北周到隋朝，都与中国没有往来。

当地的国王，称之为赞普，没有文字，用刻木结绳记事。刑罚十分严峻，犯个小罪就要挖眼睛、削鼻子，或者拿皮鞭抽打，把人关在深达数丈的地牢之中，过个两三年才可见天日。因为没有法律明文规定，但随当时喜怒哀乐量刑。

吐蕃宴客时，赶出一大群青康藏高原特产的牦牛，让客人自己射杀之后再端上饭桌。每三年大结盟会一次，盟上杀犬马牛驴作为祭祀，并且发咒："尔等必须同心戮（lù）力，共保我家，天神地祇（qí），共知尔志，有负此盟，使尔身体屠裂，同此牲一般。"

西藏、西康一带天气太冷，不能种植稻米，以小麦为主粮，并有牦牛、猪、马等牲畜。还有一种天鼠，和猫一般大小，长有厚厚的毛，皮可用来做衣裘。盛产金银铜锡。

吐蕃人随着放牧生活到处居住，是典型的畜牧生活。都城中的房子都是平头屋，贵族人家住大毡帐。住处至为污秽，而且一辈子从来不洗澡，用手直接抓东西吃，其脏可知。

在这儿，没有人伦观念，母亲要向儿子下拜，做父亲的对儿子讲话要低声下气。出入都是年轻的走在前头，老者跟在后面，与中原敬老尊贤的观念大不相同。下拜时规定两手着地，做狗吠之声。总而言之，一切落后，没有开化。

贞观八年（634 年），吐蕃赞普松赞干布开始遣使向唐朝朝贡。松赞干布是吐蕃少有的英明君主，二十岁即位，性情骁武。他听说突厥与吐谷（yù）浑都娶了唐朝的公主，心中很羡慕。也派了使者到达长安，奉表求婚，并且携带了大批珠宝表示诚意。

可是太宗拒绝了这门婚事。使者回来，禀报松赞干布："我刚到大国之时，皇上待我十分优厚。可是后来吐谷浑王入朝，不知说了些什么，唐朝对我的态度有所转变，连婚事也不准了。"

松赞干布大怒，立刻挥兵讨伐吐谷浑，吐谷浑打不过，只有远避青海。松赞干布又带领了二十多万群众，到达松州附近，遣使入贡金帛，并且扬言，此来是接公主回去的，更对部下宣布："如果大国不嫁公主给我，我就攻进去！"

唐太宗不高兴这种类似抢婚的行动，派五万步骑趁夜偷袭吐蕃

吐蕃松赞干布派禄东赞向唐太宗请求通婚，唐阎立本绘。

营地，杀了一千多人。松赞干布领教了唐太宗的厉害，遣使谢罪，并且重新提出请婚的要求。唐朝既然大胜，更为着双方日后和平相处，应允了他的求婚，让文成公主嫁给他。

据说，文成公主曾提出三个条件：一、须铸一释迦牟尼的佛像，入藏供奉；二、藏王婚后要宣扬文化；三、普惠文教，使民得润泽。文成公主真不是一个俗人，要的不是那绫罗珠宝等聘礼，松赞干布一口答应了。

贞观十五年（641 年），松赞干布亲自前来迎娶。他看到大国的衣冠文物、服饰礼仪，每一样都让他又羡慕又惭愧。等到文成公主到达吐蕃，松赞干布对亲友们说："我的祖父、父亲，从来没有通婚上国的先例。今我得大国公主，实在太幸运了，我要为公主建筑一城，用以夸示后代。"

于是，他仿照唐朝的建筑格式，为公主建筑了一座城邑，而且

文成公主进藏图，青海省湟中县塔尔寺正月十五酥油花。

造了一座栋宇让公主住在里面，实在是不好意思带文成公主进入简陋的帐篷献丑。

文成公主很厌恶吐蕃的赭（zhě）面风俗（赭面就是把脸上涂得红红的），松赞干布下令全国不许赭面。他自己的服装，改用纨（wán）绮制成，一天一天的浸染华风。尤其文成公主知书达礼，端庄文雅。松赞干布对她又敬又爱，也希望吐蕃人民如公主一般有教养。于是大量派遣酋豪子弟，请求进入中国的国学，学习诗文，并且聘请中国文人为他办理许多文书工作。他对于中国的养蚕、造纸、酿酒、制墨等技术，无不具有浓厚的兴趣，也请求唐朝政府前来指导。

总之，松赞干布对中国文物，着迷万分，而且对唐太宗心悦诚服。当唐太宗攻下辽东，松赞干布特别遣使祝贺，还献上一只金鹅，这只金鹅用纯黄金制成，高达七尺，中间可以盛三斗酒。奉表中自称为“忝（tiǎn）为子婿”，这个女婿对唐朝这个老丈人可真是十分礼貌周到。

贞观二十二年（648 年），唐朝的使者王玄策前往西域，被中天竺所劫掠。松赞干布马上发精兵讨伐天竺，把王玄策救回，遣使献捷。

当太宗去世时，松赞干布十分伤心，献上金银珠宝十五种置于太宗灵前。更致书给长孙无忌道：“天子初即位，若臣下有不忠心者，当勒兵以赴国除讨！”真是够义气。

因为文成公主的爱情，激使松赞干布奋发向上，积极汉化。更因为中华文化博大精深，使得松赞干布心悦诚服。可惜，文成公主到达西藏之后第九年，松赞干布就去世了，否则文成公主还能发挥更大的作用。

感业寺中的邂逅

贞观二十三年（649 年）五月，一代英主唐太宗驾崩，太子李治即位，是为唐高宗，改元永徽。

永徽五年（654 年），太宗忌日，唐高宗赴感业寺上香。忽然之间，在众多女尼之中，他看到一个熟悉的身影。虽然她一张素脸，身披袈裟，头发也剃得精光，仍然不掩国色天香的容貌。她就是高宗朝思暮想的武才人。

武才人原为唐太宗的妃嫔，才人为官名。在高宗为太子之时，已经注意到父亲身边有这么一位美人儿。而且高宗在入侍太宗疾病之时，两人已经偷偷地建立起了感情。只是才人既为太宗的妃嫔，只有把这份情感埋在心底。

唐太宗去世之后，武才人随着大众，一块儿到感业寺中削发为尼，也与高宗失去见面的机会。但却没有想到会在感业寺中，不期而遇。

武才人见到了高宗，怔怔地说不出话来。事实上，格于礼数，也不能开口。她抬起头来，对高宗望了一眼，泪珠一滴一滴地滚下来。

高宗盯着武才人不放，心里有千言万语想要诉说，却一个字也不能，暗自埋怨造物者的安排，也不知不觉地流下了眼泪。

当今皇上与一个女尼相对而泣，这可是一件不寻常的事。在旁伺候的宫人当时固然一句话也不敢讲，回到宫中却迫不及待当成惊

唐代贵族妇女落发出家为尼，敦煌壁画。

天动地的新闻到处传播。一会儿，消息已经传到了王皇后的耳中。

王皇后当时正在为失宠而烦心，她没有生儿子，同时高宗又宠爱萧淑妃，对她是一天比一天冷淡，使得王皇后一筹莫展，十分气恼。如今，听说高宗对一个小尼姑有情，忽然之间，心生一计，何不借此打击萧淑妃，杀一杀她的气焰。

王皇后对自己的这个计策十分得意。马上派人到感业寺去，命令武氏重新蓄起长发。

等到武氏的头发长了，换下袈裟，穿上华丽的衣服，实在是美若天仙。王皇后愈看愈开心，心想这下子把萧淑妃比下去了，欢天喜地把武氏带入宫中。武氏为人工巧聪慧，绝顶聪明，她当然明白皇后的用意。因此，尽量拉拢讨好王皇后，在王皇后面前数说萧淑妃的不是，并且再三表示为王皇后叫屈。王皇后认为武氏不但人长得漂亮，同时对自己忠心，竭力在唐高宗面前称赞武氏。

武氏本来是高宗的梦中情人，原本以为两人今生无缘，没想到竟然被王皇后弄进后宫。高宗心中真是大喜过望，兴奋得不晓得该用什么话来形容才好。所以王皇后建议纳武氏为宫人之事，立刻被批准，拜为昭仪。（唐朝制度，宫中后妃以下有三夫人和九嫔，九嫔依次为昭仪、昭容、昭华、修仪、修容、修华、充仪、充容、充华。所以昭仪就是后宫的高级妃子。）

武氏为并州文水（山西省文水县）人，她的父亲武士彟（yuē），以前是一个贩卖木材的商人。他不但贩卖现成的木材，同时聚集了数万茎木材，建了一个大森林，发了一大笔财，他颇好交结四方人物。

唐高祖李渊，在隋朝末年担任太原留守，路过文水时，就住在武士彟家中。武士彟是个投机商人，他不愿意得罪隋朝政府，当然也与李渊等猛拉关系。

当李渊在太原起兵的前夕，高君雅（太原的副留守，也是隋炀帝派来监视李渊的人）看出其中有蹊跷，因为太原招募的新兵之中，怎么竟有隋朝政府要追拿的亡命之徒刘弘基、长孙顺德？

武士彟对高君雅及王威说："刘弘基、长孙顺德都是唐公（李渊）的宾客，如果你要查究他二人逃避征辽之事，恐怕会惹起大乱。"

高君雅及王威听了劝告，虽然心中怀疑，却没有动手告发李渊。后来王威及高君雅，被李渊诬指为勾结突厥而斩首。

当李渊大军跨出山西，直入陕西，武士彟被李渊任命为大将军府铠曹。攻克长安之后，武士彟献媚地对李渊道："我曾经做过一个梦，梦到大王骑着龙飞上天。"

李渊忍不住笑了起来道："你本为王威的党羽，但是你能够说服王威，不追究刘弘基逃兵之罪，这一点很可取，所以我要给你官做。你又何必编出这套荒诞的故事，用来取媚呢？"

武士彟娶过两个妻子，第二个妻子，是隋朝观王杨雄的侄女，两人生下了三个女儿，被高宗立为昭仪的武氏是老二。

武氏十四岁时，因为貌美为太宗所知，被选入宫中，封为才人。她入宫之后，有一天，有人进了一匹叫狮子璁（cōng）的宝马给唐太宗。唐太宗爱骏马为历史上有名的佳话，可是这匹马十分顽劣，谁也驯服不了，武才人毛遂自荐要试上一试。

太宗说："你是一个弱女子，如何能够驾驭此马？"

武才人说："只要陛下给我三样东西即可，鞭子、铁棰（chuí）及匕首。我先用鞭子猛抽；不行，再用铁棰敲头；再不行，我用匕首割断它的喉咙。"

太宗听了此话，大为佩服。不过，史书中没有记载唐太宗是否喜爱武氏。没有想到，到了高宗时代，武氏竟然可以翻身，飞上枝头当凤凰了。

武昭仪的女婴

武才人成为了高宗的新宠——武昭仪之后，王皇后十分得意。可是她的高兴没有多久，马上悔不当初。原来是：高宗虽然因此而冷落了王皇后的眼中钉萧淑妃，可是，他把一颗心完完全全放在武昭仪的身上，对其他宫人不理不睬，其中也包括王皇后。

同时，武昭仪自从得到高宗的专宠之后，态度大变，不再对王皇后曲意巴结，而且颇有趾高气扬的味道。

王皇后真是气坏了，而且此时的气愤，较诸当时对萧淑妃的妒忌更胜三分。于是，拉着萧淑妃在高宗面前毁谤武昭仪，诉说她的不是。

可是，此时武昭仪已赢得高宗的全部信任，况且王皇后当初是媒人，说了不知道有多少箩筐武昭仪的好话。如今，王皇后与萧淑妃的告状，高宗非但一句话也听不进去，益发觉得此二人面目可憎，言语可厌。

武昭仪是一个工于心计的人，她小心观察，凡是在宫中被王皇后所喜爱的人，必定倾心相交，收买人心。久而久之，王皇后的一举一动，都在她的掌握之中。

永徽五年（654 年）冬天，武昭仪生下一个漂亮的女婴。王皇后前来探望，正巧武昭仪不在，王皇后把小女婴抱在手上，捏着她的脸蛋，逗着她玩了好一会儿才离去。

不久武昭仪回宫听说王皇后来过之后，立刻跑到女儿房间，活活扼（è）死了自己的婴儿，然后用被子把尸体蒙上，蹑手蹑脚走出了房间。

一会儿，唐高宗前来探视，武昭仪仍然有说有笑地讨高宗开心。接着，一块儿前去看望刚生下不久的小宝宝。

等到高宗揭开被子，赫然发现小孩子已经被扼死了，死相极为恐怖。武昭仪高声痛哭，唐高宗大为震怒。

高宗怒不可遏（è），高声怒吼：“怎么回事？”

左右的人吓得直打哆嗦，异口同声道：“皇后刚才来过。”

“皇后杀了我的女儿！”高宗气得一个字一个字迸（bèng）出这句话之后，随即派人找王皇后来问话。

王皇后跪在地上哭着喊冤，可是没有人会相信她是无辜的。武昭仪在旁边哭得上气不接下气，又有谁会想到她亲手杀死了自己的女儿？

从此之后，唐高宗有意废掉王皇后，改立武昭仪为皇后。但是，废后不是一件简单的事，武昭仪得多费些心思安排一下。

第一个大阻碍，就是高宗的舅舅长孙无忌，高宗的得位仰赖长孙无忌的力争。他又是元老重臣，一言九鼎。所以，高宗心中对长孙无忌一向十分忌惮（dàn）。

高宗与武昭仪带了十车的金宝缯（zēng）锦拜

长孙无忌，选自《历代名臣像解》。

访长孙无忌，而且在宴席上当场把长孙无忌三个由宠姬生的儿子，任命为朝散大夫，此时他最小的儿子才十岁哩。

酒过三巡之后，唐高宗从容不迫地谈到王皇后无子之事，暗示有意以武昭仪为皇后。长孙无忌顾左右而言他，使得高宗相当不悦，却又无可奈何。

武昭仪不死心，请了母亲杨氏去长孙无忌府上说情。一连去了几回，却碰了一鼻子的灰。许敬宗为着献媚，亦三番两次去劝长孙无忌，结果长孙无忌毫不客气地把许敬宗训了一顿。

有一个名叫李义府的中书舍人，向来被长孙无忌所嫌恶，乃被降官到壁州当司马。敕书还没有到门下省（隋唐时代中央政府最重要的机关为三省：中书、门下、尚书。中书省草拟皇帝的命令，门下省审核命令，尚书省执行命令），李义府已经打听了左迁的消息（左迁为官吏降级），他企图挽回这个不幸的命运，去向中书舍人王德俭请教。

王德俭告诉他："皇上想要立武昭仪为皇后，只是还犹豫不决，惟恐大臣各有异议，你如果能够建议立武昭仪为皇后，则可转祸为福。"

李义府立刻返家，绞尽脑汁写成一篇奏章呈给皇帝，请求废除皇后王氏，改立武昭仪，以满足百姓们的心愿。

唐高宗正愁不知如何启齿，看到李义府的上书大为高兴，马上亲自召见慰勉，赐珍珠一斗，同时留任旧职。

武昭仪又秘密派遣使者前去慰劳李义府，更在高宗面前耳语一番之后，李义府竟然升为中书侍郎。曾经前往长孙无忌跟前美言的许敬宗，也被任命为礼部尚书。

永徽六年（655 年）九月间，废后之争已成为朝廷中人所瞩目的大事。高宗立意已决，召见长孙无忌、李勣（jì）、于志宁、褚遂良等进入内殿。

尚未入内殿之前，褚遂良说：“今天皇上召见，一定是为着中宫废立之事。皇上的态度如此坚决，违背他意思的必死无疑。太尉（指长孙无忌）是皇上的元舅，司徒（指李勣）为国家的功臣，不可使皇帝有杀元舅及功臣的恶名。遂良起自草茅民间，也没有汗马功劳，且受先帝的顾托，如果我不挺身而出，以死争之，何以见先帝于地下？”

宫中不准养猫

永徽六年（655 年）九月里，唐高宗召见长孙无忌、李勣、于志宁、褚遂良等大臣，商讨废掉王皇后，改立武昭仪为皇后的事。

长孙无忌等一行人进入内殿之后，高宗清了一清喉咙，直截了当地说：“皇后无子，武昭仪有子，今欲立昭仪为皇后，何如？”

褚遂良抱着死谏的态度，正色道：“皇后乃名家之女，乃先帝为陛下所娶。先帝临崩之时，亲自拉着臣的手对臣说：‘朕的好儿子好媳妇都托付给你了。’这句话，陛下也是亲耳听见的。皇后未曾犯过大错，岂可轻废！臣不敢曲从陛下，也不敢上违先帝的顾命！”

褚遂良抬出太宗的遗言教训高宗，高宗气得发抖，可是又不便反驳，因为太宗临终前，确曾如此交代褚遂良。中国人最重孝道，何况是帝王之家，只有一怒之下罢朝。

第二天上朝，高宗又重提此事。褚遂良仍然直言上谏：“陛下如果一定要废王皇后，也应该好好选择一位天下大族名门之女，何必非要武氏。武氏曾经伺候过先帝，这是天下皆知之事，怎么样也不能掩盖过去。如果立武氏为后，万代之后的人们，将会怎样的笑话陛下，深愿陛下三思。”

这番话又尖锐又厉害，丝毫不留情面，一字字一句句直入要害。褚遂良一口气说完之后，将手上的笏（笏为古代人臣上朝时手中所执的板子，用来书写君王的命令以免遗忘），放在地上，解开头巾叩头流血道："还陛下笏，请将臣放遣归还故里。"

唐高宗认为褚遂良存心揭他的疮疤，不由得恼羞成怒，立刻命令左右把褚遂良引开。

正在此时，躲在帘后的武昭仪被褚遂良骂得又气又恨，大声地说："何不扑杀这个该死的老家伙？"

长孙无忌叩了一个响头："遂良为先帝的顾命大臣，即使有罪，也不许加刑。"

内殿中演变成这种难堪的局面，于志宁本来还想开口，也不敢再来多言了。

但是，还是有不怕死的大臣要讲话，这就是中国传统知识分子可爱的地方。他们有一种历史责任感，宁可脑袋搬家，也要直言。

《无双谱》当中写武则天的乐府诗，清刊本。

韩瑗（xuān）流着眼泪向高宗上谏，高宗不听。韩瑗又再次上谏，哭得满面泪痕。高宗心烦极了，差人把他送出宫外。韩瑗不死心，又写了上疏道："匹夫匹妇，犹相选择，何况贵为天子，岂可不慎重？皇后母仪天下，善恶由她而起。所以，黄帝娶了丑女嫫（mó）母，嫫母能辅佐黄帝。殷王宠妲己，因而亡国。臣每次读到《诗经》中所说的‘赫赫宗周，褒姒（sì）灭之’，不由得掩卷太息，不料本朝亦将遭到女祸。”

另外一个不怕死的来济也上书道：“王者立后，必择礼教名家，幽雅令淑，例如汉成帝以婢女为后，果然使社稷倾沦，皇统亡绝。”

此时，高宗一心一意想把武昭仪扶为正位，对这些臣子们的上疏十分头大。可是，一个好皇帝应该要接受臣子的上谏，他的父亲唐太宗就是因为纳谏为人们所称扬。所以，高宗心中苦恼极了。

过了两天，大将军李勣入宫。唐高宗问他说：“朕欲立武昭仪为皇后，褚遂良固执己见，以为不可。褚遂良又是先帝的顾命大臣，这事情如何是好呢？”

李勣回答：“此乃陛下家务事，何必更问外人？”

其实，废后立后为朝廷大事，绝对不是高宗的家事。但是，李勣这么一说，高宗把心一横，作了历史的决定，把武昭仪立为皇后。

善于谄媚的许敬宗，更在朝廷上说：“在民间一个田舍翁，因为多收十斛麦便更换妻子，都是常有的事，况且是天子立后，何必外人干预？”

唐高宗益发觉得褚遂良多管闲事，可恶已极！当下，贬褚遂良为潭州都督。

永徽六年（655年）十月，乙卯，百官上表，请立中宫。皇帝下诏：“武氏门著勋庸，往以才能德行，选入后庭……德光兰掖……可立为皇后。”于是，武昭仪如愿以偿当上皇后。

王皇后及萧淑妃就被打入冷宫，加以囚禁。在十一月里，有一天，高宗想起她们两人，信步走到她俩住的地方，发现这间房子四处封闭，只有在墙壁上凿有一个小孔，用来递送食物，不由得十分感伤，低声问道：“皇后淑妃在吗？”

王氏隔着小孔哭着说："妾等得罪宫婢，哪儿还能得此皇后尊称？"又说，"陛下如果还念旧情，使妾等再见日月，请将此院改名为回心院。"意思是说，请高宗回心转意。

高宗长叹一口气道："你们放心，朕自有处置。"

武后听说了这件事，派人把王皇后及萧淑妃打了一百板，削断她俩手足，然后丢入酒瓮中。武后说："让这两个老太婆骨醉吧。"过了几天，她们两人都死了。

萧淑妃临死前狠狠发咒："阿武狡猾，愿下辈子我为猫，她为鼠，生生世世扼她的喉咙。"从此，武后规定宫中不准养猫。武后做了亏心事，经常梦见王皇后、萧淑妃披发沥血变成鬼来找她报仇。所以武后多半住在洛阳，不太愿意回长安居住。

御史王义方

在上一篇《宫中不准养猫》之中，我们说到：唐高宗要立武昭仪为皇后，遭到长孙无忌及褚遂良等老臣的反对，结果李勣说了一句“这本为陛下的家务事”，高宗终于把武昭仪抬上了皇后娘娘的位置。

为什么武氏当武昭仪没有人反对，当皇后却被群起而攻之呢？这是由于昭仪是众多妃子之一，就像臣民的妾没有法律地位，皇后却是母仪天下的代表。她曾经伺候过唐太宗，父子二人，同娶一妇，毕竟不太合适。

此外，武后的出身不算好，虽然她的父亲武士彟也在唐朝政府当过官，到底是个商人出身。何况我们曾一再提到过：从魏晋南北朝以来，门第观念很重。唐太宗曾经极力压制士家大族，这种观念却非一朝一夕可以改变。甚至太宗的大臣如魏徵、房玄龄、李勣等，虽然是素族出身，却也要与一位旧士族的名门闺秀结婚，认为这个样子才够面子。当今皇上如何能与门楣不高的素族女子结婚？难怪群臣都要反对了。

武昭仪顺利地坐上皇后的位置之后，原先赞成发动此事的奸臣许敬宗和李义府更加嚣张了。

当时，有一位洛州妇女淳于氏貌美如花，因为犯了罪，被关在大理狱之中。李义府垂涎这名女犯的美色，暗中收买大理寺丞毕正义，设法把淳于氏给弄了出来，准备纳之为妾。

结果这件事被抖了出来，唐高宗命令刘仁轨审问毕正义，这一审问之下，李义府的丑事一定会抖露出来。因此，李义府逼着毕正义在牢中上吊。

武则天，选自《百美新咏》。

唐高宗知道此事的来龙去脉，可是，念在李义府首先带头请立武昭仪为皇后的份上，故意装聋作哑，不闻不问。

有一位名叫王义方的御史知道这件事，有意弹劾（hé）李义府的不法行为。虽然王义方知道李义府背后有皇帝撑腰，可是国家大法不可不顾，他还是要忠贞地执行御史的责任。

然而，王义方可以自己把命豁了出去，却不能不担心家中老母亲的安危，何去何从，使得王义方非常苦恼。

于是，他来到母亲跟前，叹着气说道：“孩儿身为御史，今见奸臣，如不加以纠举，则为不忠；纠举则身危而忧及于亲，则为不孝。忠孝二者，不能两全，孩儿不知如何是好？”

王母是个深明大义的妇人，她亲切地对王义方说：“你能尽忠事君，我死必不有恨。”

有了母亲大人这番话，王义方勇气十足提出弹劾，要求彻查毕正义离奇自杀命案，并且严惩李义府的不法行为。

结果，唐高宗仍然偏袒（tǎn）撮合他与武后好事的李义府，对李义府纳女犯为妾一事不闻不问，反而安了王义方一个毁辱大臣、言辞不逊的罪，贬为莱州司户。

李义府因为懂得献媚，平步青云，连犯了国家的大法，也有皇帝包庇。在此同时，当初反对册立武昭仪为皇后者，可就有罪受了。

大书法家褚遂良被贬为潭州都督，刚刚到达任所，又被贬为桂州都督；到了桂州，再次贬为爱州刺史。褚遂良长途奔波，心力俱疲，上表给高宗，提到当初与长孙无忌共拥高宗的往事，哀哀乞怜。可是没有用处，高宗对褚遂良怀恨在心，不理不睬，最后褚遂良郁郁而死。

在所有反对册立武昭仪为皇后的大臣之中，武后最恨长孙无忌，气他收了重赐又不肯助一臂之力。

另外有个许敬宗，屡次自告奋勇去长孙无忌府上当说客，劝请长孙无忌回心转意，结果每一次都被长孙无忌骂得狗血喷头，狼狈夺门而出。所以，许敬宗也恨透了长孙无忌。

恰好在这个时刻，许敬宗出了一个纰（pī）漏：审问犯人太子洗马韦季方，问案问得太急，用刑过凶，韦季方受不住刑求而自杀。这下子，许敬宗惨了。

于是，许敬宗编出一套谎言，说是长孙无忌勾结韦季方等人谋反，事迹败露，所以韦季方自杀。这真不愧为一石二鸟之计。

唐高宗不相信，他吃惊地说：“岂有此理！舅舅被小人离间阻隔或许可能，哪儿可能造反作乱？”

“不然。”许敬宗沉着地诬陷道，“臣从头到尾，详加推究，肯定他俩反相已露。陛下如果不相信，恐非国家之福。”

许敬宗一说，高宗就掉下了泪水说：“唉！我家门不幸，永徽三年房玄龄的儿子房遗爱与高阳公联合造反。如今，我亲舅舅也要作乱，真使朕愧见天下人。”

许敬宗见高宗中计了，连忙又加油添醋：“房遗爱不过是乳臭未干的小子，能起什么作用？无忌与高祖先帝谋取天下，天下服其智，而且为宰相三十年之久，天下畏其威。一旦作乱，谁能抵挡？臣见以前宇文述为隋炀帝的亲信，宇文述的儿子宇文化及是炀帝御林军总管，结果，宇文化及杀掉了炀帝。前事不远，祈望陛下速决之。”

高宗深以为然，下诏削长孙无忌的太尉官职，降为扬州都督，最后长孙无忌被迫自杀。长孙无忌地下有知，一定很后悔当初不该主张拥立高宗为皇帝的。

长孙无忌与褚遂良均为一代忠臣，却因为不能逢迎皇上落此下场，善于拍马的李义府反而得势。表面上看来，很不合乎“善有善报，恶有恶报”的明训。不过，我们中国人向来不以成败论英雄，因此忠臣永远备受千秋万世的歌颂，奸臣永远受到后人的咒骂，这也是中国文化的精髓之所在。

武后铲除异己，逐渐取得政权。大唐帝国，又将走上另一条新的道路。

武后垂帘听政

武后终于如愿当上皇后。虽然她的品德为人们所非议，可是就事论事，武后不但聪明绝顶，才智过人，而且对文学历史相当精通，也能提笔写诗赋文章。在清朝编的《全唐诗》这部书中，收有武后所作的四十六首诗。

在唐高宗即位之初，有唐太宗遗留下来的长孙无忌、褚遂良、李勣等老臣共同辅政，政治上保持着安定繁荣，甚且完成了太宗未完成的武功，如西突厥的讨伐、高丽百济的征服等，因此人们称之为“永徽之治”（永徽是高宗第一个年号）。

经过了武后的立后之争，长孙无忌、褚遂良等都被牺牲了。高宗本人无多大才能，而且又患了一种风眩症，经常头昏脑涨。可能是高血压，也可能是低血压，从现在的史料之中，我们不知道他到底生了什么病。

因为这个缘故，再加上武后英明果断，又有政治野心，所以该由皇帝批阅的有司奏章，经常由武后批阅处置。武后也有这个本领，把公事处理得井井有条，高宗也就乐得清闲。

武后对政务的权力野心愈来愈大，而且逐渐干涉起高宗的行动，使得高宗颇为不悦。在高宗麟德元年（664 年），爆发了所谓的“上官仪事件”。

有一个道士郭行真经常出入宫中，宦官王伏胜告发郭行真受武后之命，作法咒害高宗。

高宗大为生气，秘密召见西台侍郎同东西台三品上官仪讨论这件事。上官仪回答："皇后专擅恣肆（zì sì），为海内外所不赞成，请废之。"

武后自从当了皇后之后，不再对高宗百依百顺，而且高宗想要做任何事，都会受到挟制，使得他相当不耐烦，也想把武后给废掉。立刻命令上官仪草拟奏章。

结果，高宗左右的人飞报武后。武后马上赶了过来，找到了诏书的草稿，气得脸上发青。高宗看到此景，又缩了回去，不敢再提废后的事。

武后杏眼圆瞪，用充满着疑问的眼光瞅着高宗，等着他如何解释此事。高宗本来仁弱，害怕地低声回答："我本来没有这个意思，都是上官仪教我的。"

高宗把责任推给了上官仪。武后大发雷霆的结果，上官仪父子都下狱处死。

从上官仪事件发生之后，武后认为高宗不可靠，不晓得在背地里搞些什么。所以，每次高宗上朝，武后就端坐在珠帘之后听政，国家大小之事，皆得与闻，天下大权，悉归中宫。升降官吏，一切决于武后之口，高宗这个天子不过拱手而已（拱手的意思是两只手互相握着，放都放不下来，表示根本不做事）。中外并称高宗、武后为二圣。

上元元年（674 年），皇帝称天皇，皇后称天后，大赦天下。就在这一年，天后提出了十二项政治主张，例如：奖励发展农业、蚕桑，减轻百姓的赋税、徭役；由皇帝禁止浮华、淫巧；停止战争；广开言路，让大家对国事多提意见；提倡道教；规定父亲如果健在，为母亲服丧三年；增加官吏的薪水。

就事论事，武后的政治主张相当不错，而且她不只是喊喊口号，做个表面文章，她一步又一步把政治主张次第实现。

唐后行从图，唐张萱绘。图中伞盖下为武则天。

由于武后的表现出色，高宗又苦于风眩，上元二年（675年），高宗有意把国事完全交给武后摄知。在重男轻女的古代，提出这种建议的确是骇人听闻。在中国历史之上，从来没有一个天子把国事交付给皇后的先例。群臣大为恐慌，纷纷加以反对。

中书侍郎同三品郝处俊说："天子理外，后理内，天子理阳道，后治阴德，为天地之间的常理。以前魏文帝时代规定，虽然幼主继承皇位，仍然不许皇后临朝，以杜祸乱之萌也。陛下奈何以高祖、太宗传下来的皇位，不传之子孙，而委托于天后呢？"

从史书上记载的郝处俊的这番话看来，唐高宗似乎不但有意把国事交给武后治理，连皇帝的宝座他也想让给武后。既然群臣坚决反对，也就作罢。

臣子们固然反对武后干政，事实上掌权的仍然还是武后。武后感到一些老臣对她不服，于是她开始不遗余力地提拔新人。

前面我们说过，武后的立后之争原因之一，是因为臣子们嫌她出身不佳，不是望族后代。所以她本人对于魏晋南北朝以来，凭借着门第华贵而能取得权位的政治措施，简直就深恶痛绝。现在轮到她掌权了，她可要把这个政治措施修改一番。

武后把唐太宗倡导的科举制度，又向前发展一步，偏重以诗赋文章取士，让更多的寒门书生可以进入庙堂为官。

武后命令著作郎元万顷、左史刘祎（yī）之等，编著《列女传》、《臣轨》、《玄览》等书，大大重用这批新起的文人。凡是朝廷奏议、百官表疏，多半找他们密商，以分担宰相之权。当时的人称这些个新贵为北门学士（北门是后宫门，通常朝廷里大臣上朝均走南门，而元万顷等，不从正门出入，抄捷径从后宫门上朝，所以称为北门学士）。

武后终于如愿以偿地取得政治大权。

章怀太子李贤

武后正式立为皇后，也掌握了政治大权。当武后为皇后之日，武后的长子李弘（唐高宗的第五个儿子）也顺理成章被立为皇太子。

李弘为人仁爱谦谨，很得高宗的宠爱。高宗于咸亨二年（671年）前往东都洛阳，命李弘以太子留守京师长安。当时，关中闹旱灾，李弘命令兵士四下察看，分发米粮，从这一点看来，可以证明李弘的宅心仁厚。

可是，李弘的好心肠却为他惹来了麻烦。先是武后推行新政，李弘是站在守旧派的士大夫一边，屡次上奏反对，使得武后相当不悦，母子间的感情出现裂痕。

后来，又出了一件大事。李弘偶然地发现萧淑妃的两个女儿义阳公主及宣城公主，因为被萧淑妃所牵连，幽禁在后宫中，年过三十岁仍然没有出嫁，李弘既惊讶又难过。于是奏请父亲高宗，把这两个异母的姊姊出嫁。高宗答应了。

当初因为高宗宠爱萧淑妃，引起王皇后的不满，王皇后才从感业寺之中把正在做女尼的武后拉进了后宫，企图打击萧淑妃。算起来，萧淑妃还是武后的情敌，因此武后大怒。

据说，武后一方面把这两个公主分别出降（公主结婚出嫁称为出降）上翊卫权毅及王遂古两人，一方面暗暗派人把李弘毒死。关于李弘之死是一件千古疑案，《旧唐书》中仅仅记载他死了。《新唐书》中说他是被毒死。司马光写的《资治通鉴》之中则记载“时人以为天后鸩（zhèn）之也”，意思是说，当时的人认为这是天后（即武后）下的毒。

李弘是否死于武后之手，难下定论，不过，从武后对付李弘的弟弟李贤的手段来看，武后杀李弘大有可能。

李贤是武后所生的第二个儿子，太子李弘既死（年方二十四），雍王李贤遂被立为太子，时为上元二年（675 年）六月间。

李贤也同样为高宗所喜爱，他在年纪很小的时候就熟读《尚书》、《礼记》、《论语》等书及诵古诗赋十多篇。高宗曾经察问李贤的功课，发现他对《论语》极有心得。高宗这个做爸爸的十分得意，曾经在李勣面前，大大夸奖李贤“夙（sù）成聪敏”。

自从李贤被立为太子之后，宫中不断传出极为难听的谣言，说李贤不是武后的亲生儿子，而是高宗与武后的亲姊姊韩国夫人生的儿子，由于韩国夫人没有名分，才由武后认为子。这个传说使得李贤既尴尬又不安，既怀疑又害怕。

正在李贤担心惹武后讨厌之时，宫中出了一个道士明崇俨。他会施法作符咒，武后相当信任这个道士。

明崇俨曾经对武后说，太子李贤不配承继皇位，又说，倒是英王（武后的第三个儿子）的相貌类似太宗，相王（武后的第四个儿子）的脸相长得好，总之就是太子不适合当大唐帝国的太子。李贤听说这件事，内心七上八下，站也不是，坐也不是。

武后听了明崇俨的话之后，曾经命令北门学士写了一篇《少阳正范》（少阳为东宫的位置，少阳正范即太子的楷模）与《孝子传》赐给太子。这分明是斥责太子不孝顺，太子李贤接到之后，更加忐忑难安。

高宗调露元年（679 年），道士明崇俨忽然被人所杀。武后下令彻查，查了半天，查不出一个所以然来。武后知道太子李贤恨明崇俨搬弄是非，遂认定这件案子必然是李贤主谋，就有意对付李贤了。

李贤的为人不如他哥哥李弘正派，他颇好声色，与户奴赵道生

侍女图，陕西乾县章怀太子李贤墓壁画，陕西博物馆藏。

等狎习亲昵，而且时常厚赐金帛。司议郎韦永庆上书诤谏之，李贤依然故我。武后知道这件事，马上命令薛元超、裴炎及御史大夫高智同，会同法官一块儿审问。

审问之下，户奴赵道生供出李贤派他去暗杀明崇俨。同时，在东宫之中又搜出几百副黑色的铠甲，正好作为太子有意造反的证据，因为如果不是准备造反，何必暗藏大批的军事用品？

既然造反，没有第二句话，只有死路一条。唐高宗刚刚死了一个儿子，实在不忍心再杀一个儿子，更何况李贤是他最疼爱的，迟疑了半天，有意原谅他这一回。

武后可不同意，她寒着脸说："为人子竟然怀有逆谋，天地所不容，大义灭亲，何可赦也？"于是派遣右监门中郎将令狐智，把李贤押解到京师长安加以囚禁。

同时，东宫之中搜出的盔甲在天津桥南公开烧毁示众。天津桥是唐朝经常用来公开斩首要犯的场所，表示此事严重，不可等闲视之。

后来，武后当上皇帝，成为武则天之后，派了左金吾将军丘神勣（jì）逼着李贤自杀，在睿宗朝代，追赠为皇太子，谥（shì）曰章怀太子。章怀太子李贤一案是历史上有名的一件大事。

武后确有治理国事的长才，不过她也相当心狠手辣，毫无骨肉恩情。不但李弘、李贤两个儿子惨遭毒手，她的姊姊韩国夫人、族兄武唯良与武怀运、异母兄弟武元庆与武元爽，先后因不同原因被她害死。

唐高宗的风眩症

太子李贤被废以后，遂立武后的第三个儿子英王李哲为太子，改名为李显，大赦天下。

弘道元年（683 年）十一月，唐高宗头痛的毛病愈来愈严重，连眼睛都看不清楚了，召来御医秦鸣鹤。御医想了一个办法，说是在高宗的头上划破一个洞流一点血就会减轻病情。不晓得这是不是民间所说的放血治病。

武后一听御医之言，板起了脸怒斥："此可斩也，竟然敢在天子的头上刺血。"

唐高宗深为病魔所苦，他倒不认为在头上刺血是对君主的大不敬，摇摇手道："让他刺吧，说不定有用。"

秦御医就用针刺了高宗脑上的两个穴道，流出一些鲜血，唐高宗说："我的眼睛好像看清楚一些了。"

武后立刻亲自搬来了一百匹彩赐给秦御医。

刺头出血之后，好像病情好转一些，但是，没过几天，高宗更加虚弱了，没法子上朝，宰相也见不到高宗的面。

十二月，大赦天下，高宗想要骑马到天门楼当众宣布这个消息，可是胸膈之间有股气堵住无法上马，只好宣召百姓入殿宣布。此时已病入膏肓（gāo huāng）。

当天夜晚，高宗召见大臣裴炎入宫接受遗诏辅政，遗诏中曰："太子柩（jiù）前即位，军国大事有不决者，兼取天后进上。"意思是说，太子李显在灵柩之前就任大唐帝国的皇位。军国大事有不能决定的事，可听天后的意思。高宗于这天夜晚崩于贞观殿，享年五十六岁，在位三十四年，此时的武后大概是六十一岁。

于是，太子正式即位，是为唐中宗。改元嗣圣，大赦天下。

中宗即位以后，立刻立太子妃韦氏为后，擢拔韦后的父亲韦玄贞从晋州参军升为豫州刺史。

由于中宗与韦后夫妻感情很好，他还想进一步把岳父大人升为侍中，这也就罢了，最荒唐的是中宗又授他奶妈的儿子为五品要员。

接受遗诏辅政的裴炎大不以为然，急忙上谏，中宗不理会，而且生气地说："我就是把天下完全送给韦玄贞也没有什么不可以的，何况只不过是一个小小的侍中。"

裴炎大为吃惊，立刻飞报武后，武后乍闻之下，连脸色都变了。她心想中宗即位不过两个月，就干出这样昏庸的事，日久天长，以后更不知如何。

过了不到一个月，有一天，武后突然之间在乾元殿召集百官，然后裴炎与中书侍郎刘祎（yī）之、羽林将军程务挺、张虔勖（xù）一起勒兵入宫，宣太后令，废中宗为庐陵王。

中宗做梦也没有料到有此一着，他不服气地抗辩道："我何罪？"

"你要把天下拱手让给韦玄贞，竟敢说无罪？"武后厉声地指责。接着，把庐陵王幽禁在别所，后来又改徙居在房州。

这一个青天霹雳，使得中宗领教了母亲的心狠手辣，简直是吓破了胆。因此，被废之后的中宗成天提心吊胆，惶惶不可终日。尤其每一次听说武后从京里派使者到房州来，他就认定是太后派人送毒药来逼他自杀。

"那还不如我自己先了断吧。"说着，中宗就准备自杀。韦皇后总是劝他："不要这个样子，人生道路总是祸福相倚的。"幸好每次来的使者都不是来送毒药的，否则中宗的自杀就是白死了。由于他二人共尝艰危，情义甚笃，所以中宗时常对韦后说："假使我有朝一日重见天日，你要做任何事我都会答应你。"因为中宗有此承诺，以后又引出一段故事，这是后话，此处暂且不提。

既然中宗被废为庐陵王，国不可一日无君，武后便立她的第四个儿子相王李旦为皇帝，是为唐睿宗。

武后是一个政治型的女人，权力欲望很强，她一直想找一个毫无政治野心的儿子受她摆布。前面李弘、李贤、李显都不理想，所以不是被杀，就是被她给废了。如今的睿宗，没有什么政治欲望，为人谦让，武后大为高兴。

因此，睿宗只是一个傀儡皇帝，大小政务都不管。一切大权，牢牢掌握在武后一人手中。

武后掌权，朝中老一辈的大臣都不能心服，连武后一手提拔的北门学士刘祎之也在问，为何武后不还政睿宗。

朝中有人希望睿宗主政，也有一批人主张庐陵王（中宗）复位。反正不赞成由武后掌权。

有一天，有十几个飞骑在坊曲喝酒。飞骑是太宗在贞观十六年（642 年）所创设的，分为左右飞骑，驻在玄武门，在皇帝出巡之时充当侍卫。坊曲是妓院，唐朝的文人

唐代骑马人物图，陕西乾县章怀太子李贤墓壁画，陕西博物馆藏。

雅士，很喜欢在坊曲聚会，许多诗人的作品都在坊曲之中写成。

有一个飞骑多喝了两盅老酒，发了几句牢骚：“最近所得的赏赐太少，还不如改奉庐陵王复位。”

其中有个飞骑一闻此言，悄悄地溜出了坊曲，从北门前往告密。于是，当这伙飞骑正在酒酣耳热，猜拳行令之时，羽林军已把坊曲层层密密包围，全体飞骑落网下狱。说话大嘴的那个飞骑当场立斩，其余者以知情不报的罪名，统统处以绞刑，密报者升为五品官。

飞骑事件立刻传遍各地，人们对武后手段之厉害，不得不另眼相看，同时，这个事件也挑起了告密之风，为社会带来一阵腥风血雨。

骆宾王写《讨武后檄文》

唐高宗去世之后，中宗即位，不到两个月，就被武后废为庐陵王，流放于房州。另立幼子李旦为皇帝，是为睿宗。

睿宗是一个没有政治野心的人，而且他前面几个哥哥的下场也使得他胆战心惊，深深了解母亲毫无骨肉之情。所以睿宗虽然为天子，大权却操在武后之手。

由于李家的子孙，都不合武后的心意，她就开始重用娘家的人，例如武三思、武崇训、武承嗣等。

武承嗣是武后的侄儿。他请求武后追赠武家的祖先，建立一个武氏宗庙。武后认为这是一个很好的建议。

老臣裴炎不赞成，他上殿奏曰：“太后母临天下，当示大公无私，不可对所亲偏私，难道不见吕氏之败乎？”（吕氏指的是汉高祖时代的吕后）

武后冷笑道：“吕后以权委托于活着的吕家人，所以最后失败了。我不过追尊逝去的祖先，又有什么关系？”

裴炎在地上叩了一个响头道：“事当防微杜渐，不能滋长成为风气。”

武后根本不理会裴炎，不多久，追赠了许多武氏先人。从五代祖起，一直到父亲武士彟，一律封为王公。

由于武家的势力一天比一天雄厚，使得唐朝的李家子弟颇为不满。刚好此时大将军李勣的孙子眉州刺史徐敬业被贬为柳州司马，他的弟弟徐敬猷（yóu）免官，给事中唐之奇贬为括苍令，长安主簿（bù）骆宾王被贬为临海丞。这些人在扬州相会，彼此摇头叹息，内心充满了怨恨及不满。

大伙共推徐敬业为首领起兵，在短短十日之间召集了十多万兵马，并且由骆宾王草拟檄（xí）文，讨伐武后。

骆宾王所写的这篇《为徐敬业讨武曌（zhào）檄》气魄万千，把武后骂得狗血淋头，是千古流传的有名文字。一开头就斥责武后："伪临朝武氏者，人非和顺，地实寒微。"骂她以前是太宗的才人，到了太宗晚年，秽乱东宫（指高宗），使得太宗与高宗与禽兽一般共一女子。又曰："杀姊屠兄，弑（shì）君鸩（zhèn）母，人神之所同嫉，天地之所不容……"

骆宾王，选自《历代名臣像解》。

这篇檄文骂得痛快，天下传诵。有人急忙拿给武后看，原以为武后看了，一定暴跳如雷。没想到她一面读，一面微笑，好像在欣赏一篇好文章。

等到武后看到"一抔（póu）之土未干，六尺之孤何托？"（意思是说，唐高宗坟上一抔黄土尚未干，他所遗留下来的太子中宗到哪儿去了呢？太子被武后废为庐陵王，幽禁在房州。）她转过头问道：

“这篇檄文是谁写的？”

“骆宾王。”底下的人应声答道。

左右并且告诉武后，骆宾王的作品以豪侠英俊著名。他与王勃、杨炯（jiǒng）、卢照邻号称为四大才子（我们今天称此四人为初唐四杰）。

武后叹了一口气道：“有才如此，使之流落不遇，此宰相之过也。”

在这篇檄文之中，武后受尽唾骂侮辱，却惋惜没有重用骆宾王，可见得她的爱才之心，以及超人一等的胸襟。

徐敬业为着扩大宣传效果，征求长得像太子李贤的人（李贤是武后第二个儿子，因为谋反被武后杀掉），然后，徐敬业欺骗百姓道：“贤没有死，仍然活在人间，我们就是奉了他的命令起事的。”希望借此号召人心。

为着讨伐徐敬业，武后找了裴炎前来问计。裴炎对徐敬业为乱，似乎不以为意，也没有急着去讨平，反而对武后说：“皇帝（睿宗）年长，不亲政事，所以卑贱无知的小人会以此为借口起事，如果太后还政，乱事不讨自平矣。”

这番话说得很不动听，武后颇为不悦。监察御史了解武后具有强烈的政治欲，所以上奏曰：“裴炎受先皇顾托，大权在己，他如果不是别有意图，为何要请太后归政？”

武后拿着这个奏章，把裴炎逮捕下狱。

有人劝裴炎在问案时，尽量谦逊，也许能免得一场祸事。

裴炎不肯答应，他自认为是接受高宗遗诏辅政的老臣，依旧辞色不屈。而且他深深了解，这场祸事可不是求情可以逃得掉的，裴炎对朋友说：“宰相下狱，岂有生还之理。”

凤阁侍郎胡元范等保证裴炎不会造反，联合上奏：“炎社稷元臣，有功于国，悉心奉上，天下所知，臣敢证明他不会造反。”

武后回答："炎有造反的征兆，只是你们不知道。"

"如果连裴炎也会造反，臣等亦能谋反。"胡元范等不服气道。

武后肯定地说："朕知裴炎反，但也知道卿等不会反。"

朝廷中有许多臣子联合证明裴炎不会谋反，可是武后还是把裴炎杀了。裴炎死后被抄家，家中竟抄不出一石（dàn）米，可见其为官之清廉。

请君入瓮

徐敬业不满武后，在扬州起兵。骆宾王并且写了一篇传诵千古的檄文，暴露武后的罪状。徐敬业起兵不过三个月，就被武后派出的大将李孝逸完全平定。徐敬业被部下所杀，余党也均被荡平。

乱事平定之后，垂拱二年（686年）春天正月，武后下诏，还归政事于皇帝睿宗。睿宗知道母亲大人又是故作姿态，他再三谦让，太后再次临朝称制。

自从徐敬业起兵，武后为了镇压反叛，开始采取高压的恐怖政策，大开告密之门。在三月间，有一个叫鱼保家的上书武后，请求用铜铸一个告密匦，分为四隔，各有窍门，告密的信只可投入，旁人无法拿出。

鱼保家是一个很有手艺的巧匠，所以他制造的告密匦（guǐ）很合武后的心意，当时的人称之为鱼家匦。鱼家匦启用后没有多久，鱼保家的仇人就投了一封告密信，信上说鱼保家曾经为徐敬业打造刀车及弩。

武后立刻派兵搜查鱼宅，鱼保家被捕伏诛，没有料到自个儿先被鱼家匦所害。

自徐敬业之乱，武后了解朝廷之中宗室对她不满，颇有怨怼（duì），有意大杀特杀以树立威权，因此大开告密之门。

凡有人告密，臣子不得过问内情，朝廷供给车马，以及相当于五品官员的膳食。即使是农人樵夫，武后也亲自接见，还在客馆之中，好好接待这些告密者。

假使告密者所密告的确有其事，武后立刻赐官。假使是诬告，也不被处分。在这样的情形之下，四方告密者蜂起，为官者人人自危。

有一个胡人叫索元礼，摸清武后的心理，前去告密。被武后赏识，拔擢为游击将军，掌管狱讼之事。

索元礼生性残忍，每审判一人，必牵累数十百人。武后很欣赏他的作风，数次予以亲自召见，以扩张索元礼的权势。

由于索元礼的得宠，使得周兴、来俊臣等起而效尤。周兴被升为秋官侍郎，来俊臣则官至御史中丞。

来俊臣对于如何罗织下过一番研究工夫。罗织就是陷人于罪的意思，他还与党徒朱南山合起来写了一本书叫做《告密罗织经》一卷。

来俊臣如果想诬陷某人，就在各个不同地方告发某人的罪状，所有告密者举发的事情都是一样，同时在告密信中加上一句："请付来俊臣推勘，必获实情。"如此网"罗"无辜，"织"成罪状，即所谓罗织。

他审判犯人，有一套独门功夫。不论囚犯情节轻重，先用酸醋灌鼻孔，再关入大牢，或者装在一个大碗里面，四周用火烧烤，并且不给犯人吃任何东西。有的囚犯实在饿得不能忍受，只好把衣服撕破嚼棉絮充饥。

此外，犯人身旁，必定堆了许多粪便，臭不可闻，除非一死，否则只有忍受非人待遇。

来俊臣与索元礼互切互磋，共同研究，制作了十种残酷的刑法：一为"定百脉"，二为"喘不得"，三为"突地吼"，四为"着即承"，五为"失魂胆"，六为"实同反"，七为"反是实"，八为"死猪愁"，九为"求即死"，十为"求破家"。所谓"死猪愁"等到底是如何折磨人，不可考。不过光听这些名称就叫人害怕了。

中国菜经常有一些好听的名称，例如全家福、百鸟朝凤等。来俊臣把他发明的刑罚加了许多好听的名称，例如：把犯人的手脚绑起来，四周倒转，称之为“凤凰晒翅”——像是凤凰在晒翅膀；或者命犯人跪下，捧着刑具，上面再一块一块的加砖块，称之为“仙人献果”，可见得来俊臣这人有虐待狂。

凡是被来俊臣逮住的人，无论贵贱，一入大门已胆战心惊。然后，来俊臣把枷棒往地上一摔，恶眼一瞪：“看，这就是刑具。”犯人早已魂飞胆丧。尤其久闻来俊臣的阎王恶名，往往不等审问，马上跪地求饶，承认有罪，也不管到底有没有犯案。

请君入瓮，选自《清刻历代画像传》。

由于来俊臣会问案子，凡是他问案，没有不画押承认的，所以武后特别在宫中的“丽景门”中设置一个推事院，专门供他问案之用，也称之为“新开门”。由于一入新开门，等于进入太平间，所以有人称之为“例竟门”，这儿的“竟”做尽、完结解，也就是说进入此门者，照例皆要完蛋。

因为武后重用酷吏，所以酷吏们不断研究，改进更为不人道的刑罚。武后知道这些酷吏可不是什么好东西，也只是把他们视之为工具，利用价值一完，酷吏也难逃一劫。

其中最有名的一件案子，是在天授二年（691年），酷吏周兴被人告发与丘神勣（jì）谋反，武后派来俊臣审问这个案子。两人相见，皮笑肉不笑地寒暄了半天，面对面同桌共食（唐朝的官吏在衙署内办公时，在中午及晚间，都由官家供给膳食），互相敬酒。

来俊臣叹了一口气道："唉，最近囚犯都不肯承认，不知如何是好？"

周兴立刻面有得色道："很容易嘛，你先准备一个大瓮，然后把犯人放入，四周烧炭火，还怕他不肯承认？"

来俊臣马上找来一个大瓮，四周烧着旺火，对周兴说："有人告发你，请兄入此瓮。"

周兴比任何人都了解这一招的恐怖，马上叩头伏罪。他想以此害人，反而被害，这就是成语"请君入瓮"的由来，形容以其人之道还治其人之身。

不识字的御史

武后为了镇压反叛，采取恐怖政策，大开告密之门，以高官厚赏奖励告密者。同时任用索元礼、周兴、来俊臣等酷吏，用种种不人道的酷刑与罗织方法来对付异己。

凤阁侍郎同凤阁鸾堂三品刘祎之，因为曾经对凤阁舍人贾大隐说过：“太后既然废去昏君（中宗），拥立明君（睿宗），为什么还要莅（lì）临朝廷发号施令？不如仍迎中宗复位，以定天下人心。”

没有想到贾大隐竟然悄悄去告了密。武后勃然大怒，对左右说：“祎之乃我一手提拔，竟然敢背叛我。”

武后身旁的人，看她动了肝火，于是落井下石，说刘祎之拿了归诚州都督孙万荣的贿赂，又说刘祎之与许敬宗的侍妾有染。武后就命令肃州刺史王本立为审判官审判刘祎之。

睿宗为刘祎之向武后说情，旁人对刘祎之说：“这下好了，皇帝说情，你有救了。”亲戚朋友纷纷向刘祎（yī）之道贺。刘祎之愁容满面地苦笑：“这是加速我的死啊。”果然，不久赐死于家。

即使是讨平徐敬业的大将李孝逸，武后也不放过，他的罪名很可笑。有人诬告李孝逸，说他曾经自夸：“我的名字逸，逸中有一个兔字，兔是月亮中的月兔，月既近天，应该当天子。”就为了这一个莫名其妙的原因，流放儋（dān）州而死。

武后的侄儿武承嗣为着讨好姑母，找人刻了一块白玉，上面刻着“圣母临人，帝业永昌”八个字。然后，让一个雍州人唐同泰捧着这块玉石去见太后，说这块写了字的玉是在洛水发现的，表示上天显灵，才有此征兆。

武后得到这块玉石，十分高兴。把这块石头取了一个名字叫“宝图”，拔擢献玉的唐同泰为游击将军，并且命洛水改名为“永昌洛水”，禁止人们在这条神圣的水旁钓鱼。更改嵩山为神岳，并且大赦天下。

唐朝诸王看在眼中，心里更加惶恐不安。武后对祥瑞如此重视，岂不表示她想当皇帝，这还了得吗？于是握有兵权的唐王室，有意发动政变。

首先通州刺史李谍（zhuàn），写了一封信给越王李贞，信上说：“我内人的病一天比一天严重，应当要马上治疗，假使过了今年冬天还不治疗，将成为无法治疗的痼（gù）疾。”意思是说，假使不马上有所行动，唐朝天下将落入武后之手，想造反也不可能了。

一代女皇武则天，佚名绘。

正在此时，武后建造的明堂落成，召集唐宗室朝明堂。诸王都非常惊恐，互相告诫道：“完了，太后必趁此时，使人告密，我皇家子弟，将无遗种。”

李谍情急之下，伪造了睿宗的玺书给李冲说：“朕遭到幽锢（gù）囚絷（zhí），诸王请赶快发兵救我。”

李冲又伪造睿宗玺书说：“神皇欲移李氏社稷，以授武氏。”在博州起兵，并且分告韩王、霍王、越王等于洛阳会师。

但是李冲起兵不久，立刻被神皇（即武后）的大军歼（jiān）灭。因为失败得太快，诸王还没来得及响应，戏已下台。

经过这场战争，武后对李家人益发不信任，大开杀戒。唐朝宗室几乎被杀光，剩下的也都流配岭南，同时，武后益发地重用酷吏。

有一个以卖饼为业的无赖侯思止，曾经因为告密被武后拔擢为游击将军。侯思止的胃口很大，他想要当御史。

武后冷笑道：“你不认识字，怎能当御史？”

侯思止不慌不忙地回答：“獬豸（xiè zhì）又哪里识字，还不是可以用角去撞坏人。”

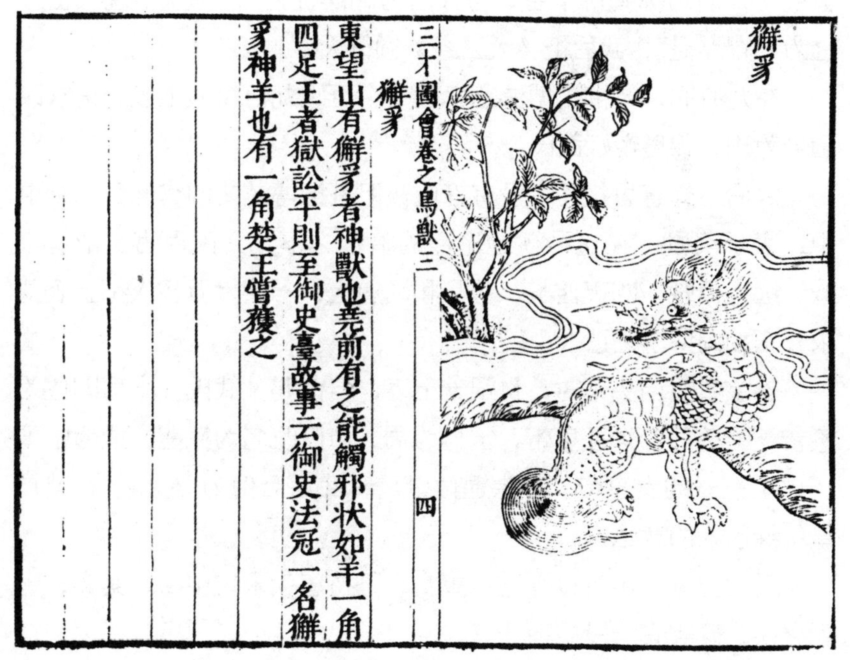

獬豸，选自《三才图会》。

原来，据说在东北有一种奇怪的野兽叫獬豸，它头上有一只尖锐的角，性情忠直。如果它看到两个人在打斗，它就用角去抵那个坏人。如果它看到两个人在争论，它会跑到不讲理的人面前怒吼。天下哪可能有这种事？

武后认为侯思止的话有道理，真的就任命他为朝散大夫、侍御史。过了一段日子，武后把没收来的房宅赐给侯思止，侯思止不肯接受，他说："臣厌恶反叛的人，他们的房子我不要住。"

这话一说，武后对侯思止更加欣赏。

由于连侯思止这种目不识丁者也能当御史，朝廷之中人人自危。在路上遇见也不敢多交谈，每天早上上朝前与家人抱头痛哭，互相诀别道："不知还能相见否？"

天授元年（690 年），东魏国寺的僧人献《大云经》给武后。经上说"太后乃弥勒佛下生，当代唐为阎浮提主"，佛家中说人世称之为"阎浮提"，武后把《大云经》颁行天下。

在九月间，侍御史傅游艺率领关中百姓九百余人上表，请求改国号为周，赐皇帝姓武氏。

武后不好意思接受，没有答应。但是把傅游艺的官升到了给事中，表示奖励。在这种欲迎还拒的暗示之下，文武百官、帝室宗戚、远近百姓、四夷酋长，甚且和尚道士，一共六万多人都上表请求，正如同傅游艺请求一般。

睿宗看看苗头不对，也跟着上表，自请赐姓武氏。太后即位为皇帝，上尊号为神圣皇帝，国号为周，自己改名为武曌，成为中国历史上惟一的女皇帝。睿宗退位以后，武后命他为"皇嗣"，就是皇位继承人的意思。

后代史家，不肯接受这个事实，坚持唐朝未曾中断，其实，唐朝之中，确实有一段周朝。

狄仁杰的棉衣

在上两篇之中，我们讲了许多武后用酷吏对付异己的故事。在这儿要说明一下，武后用酷吏对付的是被她视为假想敌的臣子，不是一般老百姓。在武后当政的四十多年的岁月之中，唐朝百姓的生活倒是十分安乐。

睿宗是武后拥立的傀儡（kuǐ lěi）皇帝，虽然他没有什么政治野心，武后还是不很放心。有一次少府监裴匪躬、内侍范云仙两人偷偷私谒（yè）睿宗，被武后知道了，此二人均被腰斩。而且从此以后，凡公卿以下官吏，一律不许去见睿宗，免得他们与睿宗合谋。

尽管如此，依旧有人密告，指皇嗣睿宗有不轨的行动，武后特派酷吏来俊臣审问。前面《请君入瓮》之中说过，来俊臣是个杀人不眨眼，专会动大刑的恐怖人物，睿宗身旁的人都十分惧怕。

其中一个在太常寺当工人的安金藏一跃而出，对着来俊臣说："我可以证明皇嗣没有谋反意图！"安金藏看看来俊臣没有表示，又气急败坏地高声叫道："你不信金藏之言，请剖心以明皇嗣不反。"

说着，安金藏举起佩刀对着胸膛划下去，五脏迸出，流血满地，他躺在地上不能动弹。

立刻，有人飞报武后。武后派人用轿子把安金藏抬回宫中，命御医把他的五脏装回去，再加以缝合，敷上药。过了一个晚上，安金藏又活了回去。可见得中国古代的开刀手术挺高明的。

武后亲自前往探望安金藏，对他的赤胆忠心十分佩服。而且很惭愧自己不相信儿子，还要一个工人自剖明志。从此之后，武后不再对睿宗起疑心。

武后的朝廷虽然法网严密，但是她处理政治很有一手，能够起用人才，必要之时，也能虚心接受臣下的批评。其中最得武后信任的是狄仁杰，武后尊称他为国老。

狄仁杰是太原人，祖父曾在贞观年间担任尚书左丞，父亲曾任长史。狄仁杰小时候读书非常专心。有一次，邻人被杀害，县吏前来问案，大家都七嘴八舌的在提意见，只有狄仁杰仍然坐在桌前，埋首于书本之中。

县吏很不高兴地指责他，狄仁杰昂头回答：“黄卷之中，圣贤备在，我还来不及接对圣贤，哪里有时间应付俗吏！”

狄仁杰，选自《历代名臣像解》。

后来他中了举人，担任汴州判佐，不久又改任并州都督府法曹。他不但对自己的双亲十分孝顺，更有老吾老以及人之老的美德。

狄仁杰的一个同事郑崇质，被任命出使远方。狄仁杰对他说：“太夫人的病相当危险，你怎么可以远使？”于是他去拜见蔺（lìn）仁基长史，请求代替郑崇质远行。

此后，狄仁杰又在高宗朝廷里担任大理丞。一年之中解决了一万七千件悬而未决的案子，大家都认为他审判得很公平。当时，武卫大将军权善才因为误砍了唐太宗昭陵坟上的柏树，狄仁杰上奏说权善才该罪当免职，高宗用御笔改为“即诛之”——马上处死刑。

狄仁杰再次上奏：“罪不当死。”

高宗变了脸色道：“善才砍陵上树，使朕不孝，必诛之。”

左右的人悄悄拉了拉狄仁杰的衣袖，暗示他可以告退了，狄仁杰还是不肯。他正色地表示：“今天陛下因为昭陵一株柏树，杀掉一个将军，千秋万世之后，人们将怎样看陛下？所以臣不敢奉制杀善才，以免陷陛下于不道。”

高宗仔细地想了一想，接受了狄仁杰的意见，善才因而免死。过了数日，高宗授狄仁杰为侍御史。

后来，在武后天授二年（691 年），转任地官侍郎，判尚书，同凤鸾台平章事。武后问他：“你在汝南时候，很有政绩，不过也有人在暗中破坏你，说你的坏话，你想知道是谁吗？”

狄仁杰谢过武后，然后从容道：“陛下假使以为臣有过，臣当改之，陛下明白臣无过，臣之幸也，臣不想知道是谁在破坏臣之名誉。”

狄仁杰的宽厚，使武后大为叹服。可是不久，来俊臣诬告狄仁杰造反。

来俊臣还没有动大刑，狄仁杰已一口承认。

判官王德寿对狄仁杰说：“尚书必定可以逃过一死，可否请求尚书把案子牵连到杨执荣身上。”

狄仁杰不解道：“怎样牵累？”

“很简单，就说尚书为春官时，杨执荣为司员外，不就可以了吗？”王德寿胸有成竹答道。

狄仁杰长长叹了一口气，痛苦地呻吟道：“皇天在上，后土在下，怎么要仁杰做这种伤天害理的事？”说着用头猛撞柱子，鲜血流了一脸，把王德寿吓坏了，也不敢逼了。

因为狄仁杰很爽快地承认谋反，来俊臣的看守比较松弛。狄仁杰就写了一封信，藏在衣服的棉絮之中，对王德寿说：“天气太热了，请把衣服交给我家人，把棉絮打掉。”

狄仁杰的儿子在棉衣中找到信，前去求见武后。武后找来俊臣来问话。来俊臣说：“仁杰在狱中仍然不免冠带，住得相当舒服，假使没有图谋不轨，何必认罪。”

然后，来俊臣把狄仁杰打扮起来，让武后的使者回去报告，表示狄仁杰确实没有受到虐待。更为狄仁杰假造了一张谢死表（古时，大臣被皇帝赐死，还要叩谢皇恩浩荡，上表致谢）。

武后把狄仁杰召来询问：“你为什么要承认造反？”

狄仁杰回答：“如果不承认，早已死在鞭笞（chī）之下。”

“那你又为什么要写谢死表？”武后再问。

对质的结果，发现狄仁杰根本没有写过谢死表，也没有谋反，武后知道狄仁杰不是她的敌人，从此对他十分礼遇，予以重用。

娄师德唾面自干

老臣狄仁杰险些被酷吏来俊臣害死。幸亏他的机智，才捡回一条性命。

被来俊臣陷害的，何止狄仁杰一人？来俊臣仗着有势力，不但贪污，而且爱美色。只要士民妻妾有殊色者，来俊臣就有办法弄上手。他通常是先派人诬告，然后假称敕旨，纳为己有。前前后后，多得不可胜计。

到了后来，来俊臣胆子愈来愈大，竟然告发武家的人及太平公主。太平公主是最受武后疼爱的女儿，武后对自己的儿子心狠手辣，可是对这个长得像自己的女儿宝贝得要命（关于太平公主的故事，我们以后再详细讲）。同时，来俊臣又告发睿宗，以及被废为庐陵王的中宗，企图一网打尽，然后盗取国权。

结果，诸武及太平公主一块儿告发来俊臣不法，来俊臣被关入大牢之中。经过审问，来俊臣被处死刑。

王及善面奏武后："俊臣凶恶狡猾贪心暴虐，是国家最大的恶人，不去之，必动摇朝廷。"

武后到苑中游玩，大臣吉顼为她执着马缰，顺便聊聊外面的情况。吉顼说："大家都在奇怪有关来俊臣的奏章为什么还不下来？"

武后沉吟了一会儿，慢慢地说："俊臣有功于国，朕方思之。"

吉顼大不以为然地顶撞道："俊臣诬构良善，赃贿如山，冤魂塞路，国之贼也，何足惜哉？"

武后这才痛下决心，问斩来俊臣。当来俊臣被处死刑的那天，市场上挤满了被他陷害的仇家，争着吃他的肉。肉吃完了，抉（jué）眼剥面，披腹挖心，一会儿工夫，只剩下一堆烂泥。

武后了解人们对来俊臣是恨之入骨，遂下诏书细数来俊臣的罪恶，并且说："应该灭他的族以雪天下苍生之愤怒。"

来俊臣死后，士民们在道路上互相庆贺道："从今以后，晚上可以好好睡一觉了。"

除了酷吏之外，武后最为人非议之处，是她和古代一般帝王一般，蓄有宠妾，当然她的内宠是男的。这些男妾的官名是内供奉，其中以张易之、张昌宗两兄弟最得她的欢心。

史书上说这两兄弟年少，美姿容，善解音律，而且与女人一般傅朱粉，衣锦绣，大家都捧着这两个小白脸。有一次杨再思邀请公卿宴会，酒酣耳热之际，众人都夸张昌宗貌美，并且说："六郎面似莲花。"

杨再思摇摇头说："不然。"

张昌宗有点不开心，用询问的眼光盯着杨再思。

杨再思乃慢条斯理道："乃莲花似六郎也。"真是马屁拍到家了。

武后虽然有男宠，不过，她公私分明。她有一个宠爱的嬖（bì）幸薛怀义是个小人，恃宠而骄，被宰相苏良嗣给掴（guó）了耳光。

薛怀义鼻青眼肿地跑到武后跟前哭诉，武后只说了一句："朝堂是宰相往来的地方，下回不去也就是了。"

武后当权的数十年中，社会安定。天授元年（690年），亲策试贡士于洛城殿，乡贡的科目很多，主要有秀才、明经、进士等科。因为武后本人极为喜爱文史，所以特别重视进士科，同时，进士科的考试成为完全着重于文章。自从弘道元年称帝之后，朝中主要官

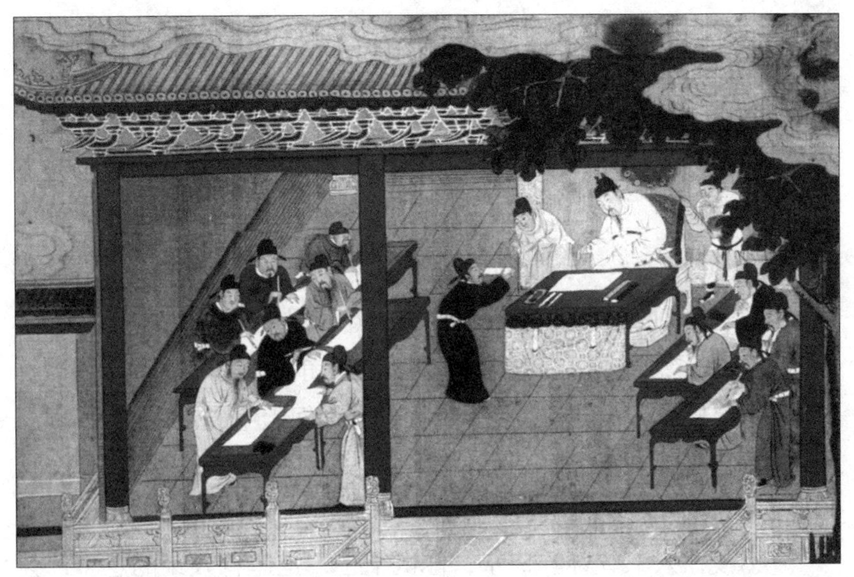

科举考试，佚名绘。

吏，无不由文比进身，因此造成举国雅好文墨的风气，唐朝的文风鼎盛也与此有关系。

另一方面，武后也有纳谏的雅量，凡是大臣上谏，她都温言慰纳，并且加重赏赐，所以许多正人君子都乐意为朝廷效命。例如，魏元忠以公正著称，狄仁杰以忠厚著称，武后对狄仁杰十分看重，常常称呼他为“国老”，狄仁杰引用的姚崇、张柬之、桓彦范、敬晖，都是历史上有名的贤臣。

起初，狄仁杰还没有入相时，有一位以谨慎小心著名的娄师德，曾经向武后推荐狄仁杰的才能。等到狄仁杰当了宰相，他并不知道是谁推荐的。

可是，不知怎么回事，狄仁杰对娄师德老是看不顺眼，时常想排挤娄师德。

有一天，武后拿出娄师德推荐狄仁杰的旧奏章给他看，并且告诉他：“娄师德人前人后都在夸奖你。”

狄仁杰一听，满脸绯红，惭愧万分，再三地说："吾不及娄公远矣。"对娄师德的宽厚大为赞佩，从此两人成为好朋友。

事实上，娄师德的气度大很有名，他与李明德每天同时上朝，因为他身体肥胖，不免行动迟缓。李明德等得不耐烦，气得破口大骂："田舍夫。"

娄师德也不生气，反而笑着说："对，师德不为田舍夫，谁是田舍夫？"唐朝人骂人喜欢用田舍夫，意思是粗里粗气的乡巴佬。

他有一个弟弟要去代州当刺史，临行前，娄师德对他弟弟说："我备位宰相，如今你又为州牧，我们当如何避免被人妒忌？"

弟弟想了一想说："今后有人朝我脸上吐口水，我也不发怒，只默默地洗脸擦干净。"

"不成，人家朝你吐口水，你拭干了，是违背人家的意思，会让他更愤怒；你应该笑而受之，令面自干。"娄师德教训道。这就是成语"唾面自干"的由来，形容忍辱容人。唾面自干，未免有些过分。但武后朝中有这些正士，难怪国富民安。

武承嗣的皇帝梦

自从武后建立了周朝以后，武家的人在朝廷里是威风八面。其中最有势力的，应该算是武承嗣了。

武承嗣是武后哥哥武元爽的儿子，算起来是武后的亲侄儿。他一直巴望着武后能把皇位传给他，又不方便自己开口请求。于是，在天授二年（591 年），怂恿洛阳人王庆之率领了数百民众上表，请求立武承嗣为太子。

文昌右相、同鸾台凤阁三品岑长倩，马上反对。并且义正辞严地上陈，皇嗣（指睿宗）在东宫，不宜有此奏议，奏请严切斥责上书的一干人。岑长倩得罪了武家，不久被派去打吐蕃，还没到达吐蕃，又给征召回来。最后，被诬谋反而处死。

王庆之蒙获武后召见，武后问他："皇嗣是我的儿子，奈何废之?"

"今天是谁据有天下？怎么可以以李氏为皇嗣？"王庆之仍在帮武承嗣的忙。

武后不发一言，命王庆之出殿。没料到他趴在地上撒赖，不肯走。哭着喊着要求立武承嗣为太子，否则将要去自杀。

王庆之的哭闹，惹得武后不悦。因为赶他不走，武后拿了一张纸给王庆之，对他说："以后要见我，拿着这张来就是了。"

从此之后，王庆之一而再、再而三上殿吵闹。因为万一武后决定了以武承嗣为皇嗣，那么，王庆之可是大功一件，所以他不厌其烦前来求见。

有一次，王庆之又来了。武后烦透了，命令凤阁侍郎李昭德用大板子打王庆之一顿。李昭德把王庆之带到光政门外面，对着朝士们说："此贼欲废我皇嗣，立武承嗣。"然后，毫不客气地命扑击王庆之。左右开弓的结果，王庆之的耳朵眼睛都大量出血，最后活活被打死了。外面那群跟着王庆之前来的啦啦队，听说王庆之被打死，立刻作鸟兽散。

李昭德杖杀王庆之以后，上奏武后曰："天皇（指高宗）为陛下的丈夫，皇嗣（指睿宗）为陛下的儿子。陛下身有天下，当传之子孙，为万代之基业，怎么可以以侄儿为皇嗣呢？自古未闻侄儿为天子，而为姑立庙也。"李昭德的意思是说：武承嗣是武后的侄儿，如果他承继皇位，那么在宗庙（宗庙即民间祠堂）之中不会供奉武后。因为嫁出去的女儿，是泼出去的水，武后已嫁到李家，当然不是武家的人了。

过了没有多久，李昭德又偷偷地对武后说："魏王承嗣权太重。"

武后道："他是我的侄儿，我当然拿他当心腹。"

"侄儿对姑姑的关系，难道会比儿子对父亲还要亲密吗？太子还有杀掉父皇的呢，何况只是个侄儿。今天承嗣既为陛下的侄儿，为亲王，又为宰相，权力与天子一般大，臣恐怕陛下不能久安于天子之位噢。"李昭德从容不迫地诉说一番。

李昭德说得武后颇为动容，眉毛一挑道："哦，这一点我倒还没有想到过。"

武承嗣听说李昭德在讲他的坏话，也赶快跑到武后面前毁谤李昭德。武后本来就是一个政治权力欲极强的女人，而且疑心病很重。加上李昭德言之有理，历朝历代为着争皇位，父子反目成仇多的是，区区一个侄儿又有什么地方值得信任？

所以，武后不理会武承嗣。并且说了叫武承嗣颇为伤心的话："我信任昭德，有他在，吾始安眠。他代我分劳，你就不必多说了。"

虽然碰了一鼻子灰，武承嗣依然不灰心，想要当皇嗣做天子，多吃点儿苦也应该。不久，武承嗣献上一座天枢。高有一百零五尺，四周用铜做了蟠龙麒麟围绕，上为腾云，旁边还有四条龙向上昂首，吐出的火珠有一丈之高，武后自己在榜额旁题上“大同万国颂德天枢（shū）”。

武承嗣千方百计讨好姑母，可是武后依然举棋不定，不知道应不应该立武承嗣为太子。老臣狄仁杰从容不迫地劝武后道：“太宗栉（zhì）风沐雨，亲冒锋镝（dí）（箭镞）之险，以定天下，传之子孙，高宗将两个儿子（中宗、睿宗）托付给陛下，现在陛下要把李家天下传给武家，恐怕不是先帝的意思。而且姑侄与母子，哪一种关系比较亲近？陛下把皇位传给儿子，则陛下千秋万岁之后，仍然在太庙（即宗庙，皇帝祭祀祖先的祠堂）中受到祭拜，如果立侄儿为皇嗣，哪有听说过侄儿在太庙中拜姑母的呢？”

中国人一向对自己身后的事十分在乎，武后曾经当了皇帝，她可不甘心在历史上被抹杀，更不愿意在太庙之中少了牌位。但是口中仍说：“此朕家务事，卿勿干预。”

狄仁杰又说：“君臣一体，何况臣备位宰相，岂得不预知？”同时更劝武后把流放在房州的中宗召回来。

过了几天，武后清晨对狄仁杰说：“朕昨晚梦见一只鹦鹉，两只翅膀都打断了，这是什么意思？”

狄仁杰为武后解梦道：“武是陛下的姓，所以鹦鹉就是陛下，两翼是两个儿子，陛下起复两个儿子，则两翼振矣。”

从此以后，武后打消了立武家人为太子的念头。因此，有些史家认为，此乃狄仁杰对唐朝最大的贡献，使李家天下能延续下去。武承嗣的皇帝梦，只是南柯一梦，空欢喜一场，心情大受打击，快快不乐，没有多久便魂归西天。此时皇嗣（睿宗），坚持把太子位让给哥哥（中宗），武后也答应了。

老年才俊张柬之

狄仁杰虽然曾经被武后视之为假想敌，可是在弄清楚真相之后，武后对他是信任有加，直称之为国老。

有一天，武后问狄仁杰道：“朕欲得一奇士，卿为朕推荐一人。”

狄仁杰稍微思索一下回答道：“陛下如求文章资历，苏味道与李峤（qiáo）足可入选。倘若要拔卓越奇才，惟有荆州长史张柬之可用之。”武后立刻拔擢其为洛州司马。

过了没有多久，武后又要求狄仁杰保举人才。狄仁杰道：“臣前荐张柬之，尚未擢用之。”

“朕已升迁他为洛州司马了。”

狄仁杰摇摇头道：“柬之为宰相才，非司马也。”

遂再将张柬之升为秋官侍郎。当狄仁杰在圣历三年（700年）去世，武后伤心痛哭道：“天夺我国老，何太早邪（yé）？”于是听从狄仁杰的话，起用张柬之为宰相。这个时候的张柬之已经八十高寿，可称得上是一位老年才俊。

狄仁杰死了，武后也风烛残年，垂垂老矣。长年居住在长生殿之中，一连几个月不见宰相，只有张易之、张昌宗在旁伺候汤药。

张易之、张昌宗两兄弟，无啥本领，只是貌美如花，为武后所宠爱。眼看武后气若游丝，很担心万一武后升天，后果堪虞（yú）。因此在外树立党羽，以求自固。

朝廷里里外外，看不惯这两兄弟的人很多。崔玄暐（wěi）就曾经上奏武后：“皇太子仁明孝友，足以侍奉汤药，宫禁事重，伏愿不令异姓出入。”所谓异姓指的就是张氏兄弟。

男侍图，陕西省咸阳市唐墓壁画。

此时，无头帖子满街飞，都在谣传“易之兄弟谋反”。武后没有加以理会。

许州人杨元嗣又告发张昌宗，说是张昌宗曾经召见术士李弘泰看相，李弘泰说“昌宗有天子相”，劝张昌宗在定州造佛寺，“则天下归心”。

事关谋逆，武后不能不审判，派了三位官员审案。其中御史中丞宋璟（jǐng），最为激烈，他严厉地说：“若昌宗不处以极刑，何必要有国法？”

审判还没有告一个段落，武后已把张昌宗特赦，宋璟很失望，叹息道：“不先击此小子脑袋，乃终生遗恨也。”武后命张昌宗去拜谢宋璟，宋璟气得不肯接见。

武后的健康一天不如一天，张易之、张昌宗居中用事，使得唐朝的老臣很不放心。以宰相张柬之为首的五个人，准备秘密杀掉这两兄弟，拥护中宗复位。中宗答应了这件计谋。

于是，张柬之、崔玄暐、桓彦范及左威卫将军薛思行等，率领左右羽林军五百名，浩浩荡荡来到了玄武门。派遣李多祚（zuò）及驸马都尉王同皎，一起前往东宫迎接太子。

太子（中宗）生性懦弱，提不起，放不下，事到临头，又开始犹豫不决。尤其他心想，自己已为太子，武后即将驾崩，又何必多事搞一场政变？武家势力也许不会影响到他即皇帝位。所以中宗有意打退堂鼓，三请四催仍然不肯出来。

王同皎向前道："先帝（指高宗）以国家神器付托殿下，横遭幽废，人神同愤已达二十三年之久。如今羽林诸将与宰相，同心协力，以诛凶恶之竖子，恢复李氏社稷，愿殿下前往玄武门，以孚（fú）众望。"

中宗为什么被废？大家还记得吗？

中宗看王同皎等人杀气腾腾的样子，更加畏惧不前，期期艾艾道："凶竖固然应该夷平消灭，然而圣上身体不适，怎可能不为此而惊骇？希望诸公多加考虑。"

李湛看中宗畏首畏尾的模样，说了一句重话："我们诸将相不顾家族的生命，为唐朝的社稷而殉难，难道说殿下要置我们于死地吗？请殿下赶快出来吧。"

这番话的意思是说，政变既然已经开始，就不可能收回，假使就此罢手，所有参与者，以及家族都会为此而被判死刑。

中宗知道他们是非干不可了，只好万分不情愿地走了出来。王同皎扶抱太子上马，"的达的达"一群马队开到了玄武门，进入武后所居住的迎仙宫。

张柬之等逮到了张易之、张昌宗，当场在廊下就把他们斩成两半。

一群人闯入了武后的寝宫长生殿，一时之间，环绕侍卫。武后吃惊地从床上坐了起来，不开心地问："是什么人在作乱？"

一干人马跪在地上回答："张易之、张昌宗谋反，臣等奉太子令诛之。恐有泄密，不敢上奏，在宫中举兵，罪该万死。"

两张人已死了，武后也没法挽救，她冷冷瞅了一眼跪在地上的中宗道："二小子既已伏诛，你可以回东宫去了。"

桓彦范在旁道："当年天皇以爱子付陛下，今太子年齿已长，久居东宫，且天意人心久思李氏，群臣不忘太宗高宗之德，愿陛下传位太子，以顺天下之望。"

武后生气地对崔玄玮说："你是我一手提拔的，怎么和他们在一起？"

"这正是我报答陛下大德最好的办法。"崔玄玮答道。

八二高龄的武后不想放手政权，可是她实在老了，病了，累了。

她已经失去了对政治的控制力，想不退位也不成了。

韦后想学武则天

武后病重，老臣张柬之利用这个机会，发动政变，迎中宗复位，恢复了唐朝的国号。

中宗复位以后，尊称母亲大人为“武则天大圣皇帝”，所以历史上称武后为武则天。不久，她便去世了，她一共做了十五年皇帝（690 ~ 705 年）。如果从武后称制开始（684 年）算起，则武后专政共二十年。如果自高宗显庆四年（659 年）武后以皇后身份干政算起，则武后掌权前后长达四十六年之久。

中宗是一个昏庸又懦弱的皇帝。他第一次当皇帝时，就要把宰相职位给岳父韦玄贞，又要授奶妈之子为五品要员。甚且说把皇位给了岳父，也没有什么不可以的，足可见其荒唐。

当中宗被武后废为庐陵王，贬到房州之后，内心极为害怕。每次武后派人到房州，他就吓得屁滚尿流，认为武后准备赐他死，着急得准备先行自杀。韦后总是安慰他，叫他不要太恐惧。

中宗很感激韦后的体贴，所以不止一次拉着韦后的手道：“假使我有一天重见天日，我发誓你要做什么我都让你做。”如今，中宗果然复位了，他要实现他的诺言，让韦后为所欲为。

韦后也是一个有政治野心的人，虽然武则天把他夫妻二人整得死去活来，在房州过了二十年艰难的岁月，可是韦后生平最佩服的人就是武则天，而且处处以她为榜样。

于是，当韦后再次为皇后，她便效法武则天当年辅助高宗一般，干预朝政。

唐朝的百官都大吃一惊，刚刚死了一个武则天，怎么又来了一个韦后。因此桓彦范上表："伏见陛下每临朝，皇后必垂帘坐在殿上，预闻政事，臣窃观自古帝王，没有与妇人共政而不破国亡身者，伏愿陛下以苍生为念，令皇后专居中宫。"

中宗心中想的是当年在房州时，他夫妻二人"艰苦备尝，情爱弥笃（dǔ）"的恩恩爱爱，根本不理会桓彦范的上表。

当中宗第一回当皇帝时，曾封韦后的父亲为宰相，现在再度掌政，韦玄贞已死，更追封韦玄贞为上洛王，韦后的母亲崔氏为妃。

左拾遗贾虚己上书，说："异姓不得为王，古今通制，今日唐朝中兴，百姓正仰着头观陛下之德政。结果第一件事竟是封后族，恐怕不是广大道德美政的办法，不如请皇后坚持不肯接受，让天下人知道皇后有谦冲美德。"

韦后才不想要什么谦冲的美德，她宁可要死去的父亲追加一个王爵封号。

韦后一共生了一个儿子、四个女儿；儿子重润因为讲张昌宗、张易之的坏话，被武则天赐死。四个女儿之中老幺安乐公主最为得宠，她是在房州生下的，呱呱坠地时，中宗亲自脱下衣服，把这个小女婴裹着，抱在怀里，所以安乐公主小名叫裹儿。夫妻二人对她是宠爱得不得了，就差没有把天上的月亮摘来让她玩。

中宗虽由张柬之等人拥立复位，可是中宗认为自己是太子，迟早会当上天子，用不着发动政变，所以对张柬之等人发动政变、恢复唐朝并不见得感激，反而重用武则天的侄儿武三思。武三思曾经对人说过："我不知道世间上什么人是善人，什么人是恶人。凡是对我好的，就是善人，对我坏的，则为恶人。"

根据武三思的看法，张柬之等五人当然是恶人了。所以他奏请中宗把张柬之流配泷州，崔玄玮流配古州，敬晖流配琼州，桓彦范流配瀼州，袁恕己流配环州。这五家子弟凡年满十六岁者，皆流岭表。最后，除了张柬之、崔玄時病死之外，其他三人都被武三思用残酷的手法害死。

武三思害了张柬之等人后，自己布置新的爪牙，当时的人称他五个新的耳目为五狗。

中宗既然信任武三思，就把最得宠的安乐公主嫁给了武三思的儿子——武崇训，封为驸马都尉、左卫将军。

安乐公主颇有乃母韦后之风，很有政治野心。她一心一意想当皇太女，将来和武则天一样，做一个女皇帝，所以她对太子李重俊恨之入骨。

李重俊是唐中宗和妃子所生，韦后视之为眼中钉。她和安乐公

屏式仕女图，中唐，陕西省长安南里唐墓壁画。

主，以及公主驸马武崇训经常欺负太子，甚且直接称他为奴。

太子重俊一再受到侮辱，忍无可忍。他联络了左羽林大将军李多祚等，以迅雷不及掩耳的方式，发动政变。攻入武三思的府第之中，杀了武三思，以及其子武崇训。

唐中宗带着韦后、安乐公主等登上玄武门的门楼以避兵锋，并且急忙调派兵将守卫。

太子及李多祚的军队困在玄武门下，无法进入宫中。这时，中宗在玄武门上靠着廊槛俯下对着千骑们宣告："汝辈皆为朕之宿卫之士，奈何跟从李多祚造反？若能斩造反者，还愁得不到荣华富贵吗？"

这句话说得有道理，顷刻之间，千骑倒戈（军队叛变，自相攻杀称为倒戈）斩李多祚。太子仓皇而逃，在树林下小憩（qì）时，被左右杀了，持首级献于京师。

于是，中宗拿着儿子重俊的脑袋，祭拜武三思、武崇训。父子之间为着夺权，竟然如此相残，令人叹息。

安乐公主卖官

安乐公主是中宗被贬为庐陵王，由均州迁房州时，韦后在途中生下来的女儿，深得唐中宗的喜爱。安乐公主便仗着父亲的宠爱而骄纵跋扈，目中无人，连太子重俊都受到她的当众凌辱。最后，太子重俊忍无可忍，举兵起事，杀掉了武三思及安乐公主的驸马武崇训。

太子重俊的乱事马上被平定了。安乐公主对于丈夫的被杀，并没有太过悲伤。因为在武崇训没有死以前，她已爱上了武延秀——武承嗣的第二个儿子。

武延秀是个美男子，风采翩翩，会讲突厥话，曾数度参加安乐公主的宴会。在宴会中唱突厥歌、跳胡族舞，抢尽风头，很得安乐公主的好感。

因此，武崇训过世之后，安乐公主改嫁给武延秀。大婚之日，用皇后的仪仗，分遣禁兵盛陈威仪，热闹非凡。婚后，中宗授武延秀太常卿兼右卫将军。

安乐公主和她的姊姊长宁公主比富。两人争着建造府第，看一看谁更奢侈，谁更豪华。她们两位公主的宅第，不但比得上皇宫，甚且比皇宫更加精巧。

安乐公主为着要压倒长宁公主，要修一个游湖的昆明池。中宗没有答应，因为昆明池中鱼虾太多，许多渔民赖以为生。

安乐公主受到了挫折，大发娇嗔（chēn），万分不悦。抢了许多民田，开了一个新湖，并且在湖中安置许多假石，看来就像华山，她把这座新池命名为定昆池，意思是胜过昆明池。

除了房舍侈丽、布置豪华要与长宁公主争风头以外，当然，打扮装饰更是非暗中较量不可的。据说，安乐公主有一件漂亮的裙子，值一亿钱之多。上头的织工之美，令人叹为观止，无论花卉鸟兽都像一粒粟子般细致。更奇妙的是，这件裙子的花色，正着看，旁着看，在日光之下，在阴影之中，都有不同的颜色。这种别出心裁的服装设计，恐怕今天的巴黎时装设计师，也要瞠乎其后。

安乐公主的生活浪费，开销很大，她想到一个赚钱的办法，那就是卖官。想做官而没有资格做官的人可以送钱给她，她根据钱的多少，分别任官。

在这儿，我们先简单说明一下唐朝一般任命官吏的程序。依照规定，一品到五品是较高级的官吏，都由宰相提名，请皇帝任命。

五品以下，六品到九品较为低级的官吏，则由吏部来提名。把要派任的官职征求被任命者的同意，同意以后，吏部用红笔把将被任命者的各种资料写在一份公文上，然后，送到门下省去。

门下省的官员仔细审核被任命者的资格是否符合规定（例如姓名、年龄、籍贯有无错误，有没有考试及格，过去经历如何，以及依照哪一条法令的规定来任官等等），审核通过以后，呈报皇帝，请皇帝发给“告身”（类似今日公务员的任命状），被任命者拿着“告身”就可以去上任了。

安乐公主出卖的官职当然是较为低级的官位。她用墨笔写了任命某人做某某官，然后把内容遮盖起来，让中宗在命令的末尾签名。

中宗说：“让我看一看这道命令写些什么？”

安乐公主一扭腰，撒娇地道：“不要嘛，只要你签字就好了。”

中宗这个糊涂皇帝，竟然笑一笑就签了字，命令的内容是什么就

斜封除官，选自明刊本《帝鉴图说》。

不管了。在这种情形下，一些屠沽之辈，花个三十万钱，也能买一个官位。（屠是屠夫，沽是卖酒的，古人用屠沽表示执贱业者。）

由于安乐公主假造的皇帝命令用墨笔所写（通常皇帝用红笔），称为墨敕（敕，就是皇帝的命令），然后把墨敕装在信封里，信封的口斜斜地封起来，送交给吏部。

这种“墨敕”没有经过任官的正当手续（由吏部提名，经门下省的审核），当然是不合法的。所以当时的人嘲笑那些人用钱去买“斜封官”。在京师长安，这种斜封官有好几千人，其实根本没有工作可做，可以称得上是名副其实的黑官，弄得政府一塌糊涂，政风十分败坏。

安乐公主如此，她的母亲韦后更是淫乱，朝廷上下的臣子都深为不满，许州司兵参军燕钦融上言：“皇后淫乱，干预国政。宗族强盛，安乐公主、武延秀图危宗社。”中宗虽然没有追查这件事，神情却不大自然，韦后及其党羽开始坐立不安。

太平公主的婚姻

中宗的皇后韦后想学武则天，很有政治野心。中宗因为很爱韦后，也就让她为所欲为。

渐渐地，中宗对韦后的作为有些不满，他俩的掌上明珠安乐公主，也想有朝一日能当女皇帝，一心巴望着能做皇太女。于是韦后与安乐公主母女合谋，勾结着御医马秦客买毒药，又勾结着大厨师把毒药掺在饼中，中宗吃了饼，糊里糊涂命归西天。

韦后想要效法武则天，篡夺唐朝，成为韦家天下，但是因为顾忌着相王，迟迟未发。

相王就是曾经当过皇嗣的睿宗，武则天的第四个儿子，因为对皇帝没有兴趣，把太子位让给了中宗，改封为相王。

相王本人十分窝囊，可是他有一个儿子李隆基，年少果敢，与太平公主合谋，发动政变杀了韦后与安乐公主，拥护睿宗复位。

太平公主是武则天的女儿，武则天害死亲生儿子李弘、李贤，可是对太平公主却十分宠爱。据说是因为太平公主体态丰硕，额头方方的，脸颊宽宽的，长得很像武则天，善于运用权略也正像武则天。因此，武则天对她百般疼爱。

开耀元年（681 年），吐蕃请求和亲，希望能娶到太平公主。武则天舍不得宝贝女儿去蛮貊（mò）之地受苦，又不想得罪吐蕃。她就建了一座太平观，让太平公主当观主，于是，太平公主出家当了女道士，也因此谢绝这门婚事。观就是道观，唐朝有许多女道士。

中国京剧当中的唐代公主形象，选自清内府彩绘本《庆赏昇平》之《太平桥》。

从这次事件之后，武则天开始积极地为太平公主找一个驸马爷。千挑万选，选中了光禄卿薛耀的儿子薛绍，薛绍的母亲乃唐太宗的女儿城阳公主，算得上是显赫之家。

唐朝人不喜欢娶公主进门。有一出很有名的戏剧叫《打金枝》，里面就是描述代宗的女儿升平公主嫁给大将郭子仪的儿子郭暧（ài）。升平公主十分娇纵，不肯去向公婆拜寿，最后郭暧气不过，把公主狠狠揍了一顿。

《打金枝》虽然只是一出戏，不过，由此可以反映出当时社会一般想法，认为娶公主为妻是件可惧之事。尤其唐代的公主多半品德败坏，男朋友甚多，更使得人们敬鬼神而远之。

太平公主结婚的那一天，张灯结彩，吹吹打打，热闹非凡，开道的火炬挤满了自大明宫兴安门，一直到宣阳坊的路上。火炬之旺竟然把两旁夹路的树木都烧死了。

驸马爷薛绍的哥哥薛颂看到太平公主进门的场面，心中暗叫“不好”，悄悄地找了户部郎中薛克构商量。

薛克构先是说：“只要大家恭敬谨慎，娶了一个公主也没怎样。”继而又长叹一口气道：“然而俗谚说得好：‘娶妇得公主，无事取官府。’不得不让人害怕噢！”说罢两人愁眼相对。

“娶妇得公主，无事取官府。”这句话的意思是说，娶了一个公主当媳妇，就算没有事官府也会找上门来。中国古人最怕与衙门扯上关系，因此认为大不吉利。

薛颂的担心果然应验了。武则天嫌薛颂的妻子萧氏，以及驸马爷的弟弟薛绪的妻子成氏，两人都不是贵族，应该休妻。亲家母武则天的理由是："我女儿怎么可以和田舍夫的女儿为妯娌呢？"田舍夫是唐朝人骂人的常用语，意思是粗里粗气的乡巴佬，我们在前面曾解释过。

幸亏有人出来打圆场，举出萧氏是太宗名臣萧瑀（yǔ）的后人，萧瑀的儿子萧锐娶太宗女襄城公主，应该算是国家旧姻，武则天才勉强收回成命。

因为太平公主嫁给薛绍，几乎引起薛氏兄弟婚姻之破裂，可见娶公主将构成家族的大威胁。

后来，到了垂拱年间，薛绍的哥哥薛颂与琅玡王李冲合谋起兵造反。兵败之后，薛颂及弟弟薛绪都坐斩。按照道理，驸马薛绍也该一并问斩，但是因为他是太平公主的夫婿，免去了杀头之罪，结结实实打了一百棍，饿死在大牢之中。

薛绍死了以后，武则天又在为太平公主的新对象发愁。

在这儿，我们要打岔一句，或许有读者奇怪，太平公主贵为公主，岂可事二夫？事实上古人所谓"饿死事小，失节事大"，是在宋朝以后的事。在唐代，妇女再嫁并非羞耻之事，再嫁公主并无受到社会或者夫家轻视的记载。例如上篇介绍的安乐公主，也是初嫁武崇训，再嫁武延秀。

再嫁并不失节，不过，武则天的手段有些毒辣。她看上了侄儿武攸暨（jì）。偏偏武攸暨又是有妻子的，一不做，二不休，武则天派人把他妻子杀死了，然后与太平公主成亲。

太平公主父亲为高宗皇帝，母亲为武后，丈夫封为亲王，儿子被封为郡王，她可是贵盛到达了极点。

姑侄之争

武则天的女儿太平公主方额广硕，很像武则天。又性情沉敏，足智多谋，武则天以为“颇有乃母之风”，百般宠爱。

太平公主对于母亲大人晚年宠爱张易之、张昌宗深为不满，参与老臣张柬之谋诛二张的事件。所以中宗复位以后，中宗的皇后韦后、女儿安乐公主尽管跋扈，都畏忌太平公主。

后来，太平公主又与睿宗之子李隆基联合发动政变，消灭韦后。甚至，睿宗当皇帝也是太平公主一手主持。故自睿宗即位以后，太平公主权倾中外，声势日盛。

由于武则天权位欲甚强，不惜杀害亲生骨肉，睿宗对于妹妹太平公主的这份手足之情，看得比一般人更珍贵。即位以后，凡是重要事，都要与太平公主商量。

太平公主每上朝奏事，总是坐一会儿就走。有的时候，干脆不上朝，宰相只好移樽（zūn）就教，转到太平公主的府中相谈。

宰相若想要偷懒不去都不成。因为睿宗一定会问：“与太平商议过吗？与三郎（三郎就是李隆基，排行第三，称之为三郎）讨论过吗？”

只要是太平公主的意思，睿宗这个做哥哥的，几乎没有不照办的。所以从宰相以下官位的进退黜陟（chù zhì），就看太平公主一句话。想要在升官途中往前进一步者，自然争先恐后巴结巴结。

太平公主的儿子薛崇行、崇敏、崇简皆封为王。公主的田园遍于近郊。府中的玩器，都是远自岭南、巴蜀千里迢迢的购来，而且不断有人将新的器物，络绎不断运来孝敬，她的一切生活起居，与宫廷毫无异样。

睿宗即位以后，按照旧例，应该立长子宋王李成器为太子，可是李隆基又建有大功，犹疑半天不能决定。

宋王李成器看到父皇苦恼的神情，上前奏称："国家安定时应该以嫡长子为先，国家危难时应以立大功者为太子，否则将四海失望。"

为着表明不为太子的决心，李成器一连哭了好几天。其他大臣也纷纷表示应由李隆基作为太子。最后，睿宗遂立李隆基为太子，李隆基固辞，睿宗下诏不准。

太平公主原先看不起李隆基，视之为少不更事的毛孩子，渐渐地发现他相当英武，不是庸碌之辈。惟恐李隆基当皇帝以后，自己的权势就要削弱，想要另外找一个太子。果真是"颇有乃母之风"。

于是，太平公主派人到处放谣言"太子不是长子，不该立为太子"，并且派出许多耳目，觇（chān）伺李隆基的一举一动，一点点芝麻大的小事，太平公主都要知道得很详细。太子李隆基周围左右，几乎全都是太平公主的密探，使得李隆基坐立不安。

太平公主与益州长史窦怀贞等结为朋党，准备不利于太子。并且邀请宰相前来，公开地表示要换太子之事。宰相宋璟大吃一惊道："东宫有大功于天下，真宗庙社稷之主，公主为什么忽然有这样的意见？"

宋璟离开公主府第，愈想愈觉得不对劲，上奏睿宗："太平公主挑拨离间，将使东宫不安，请求将太平公主以及诸王前往东都安置。"

"不成！"睿宗阴下脸来道，"朕没有其他兄弟姊妹，只有太平公主这一个妹妹，怎么可以远远地把她放到东都去呢？"

睿宗景云元年（710 年）二月，睿宗召集三品以上的官员道："朕素来恬（tián）泊，不以做天子为贵，以前为皇嗣时，皆辞不受，今欲传位给太子，你们看如何？"

睿宗说自己素怀淡泊，这句话倒没错。当初武则天就是看上他没有政治野心，才立他为太子，以后他又把太子位让给了中宗。所以如今想让位了，倒也是真心话。

一些个依附太平公主的臣子立刻反对，上奏曰："陛下春秋（年龄）未高，方为四海所依仰，岂可让位。"

太平公主眼见大势不妙，为着要激起睿宗对太子的不满，又再次暗遣术士对睿宗进言道："皇帝的星座及太子的星座，最近两天都有明显的变化，显示皇太子当为天子。"

不料，太平公主弄巧反拙，睿宗听此一言后，下定决心道："我将传位给有德的人远避灾祸，我的志向已经决定了。"

太平公主及其党羽大吃一惊，力谏反对，以为不可。睿宗坚决地表示："以前中宗之时，群奸用事，天上的星象也屡次变化，朕当时建议中宗选择一个儿子让位避灾，中宗大为不悦。我能劝中宗，难道自己还做不到吗？"

太子李隆基闻说此事，急忙入宫，以首顿地道："儿臣以微功，以不当立而立为太

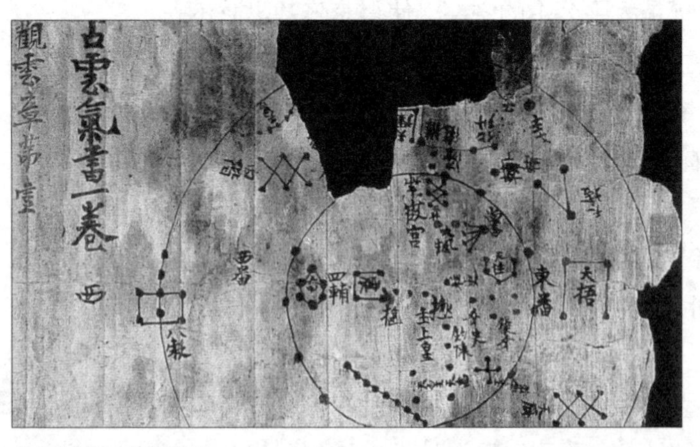

唐代星象图，敦煌卷子。

子，忧惧不克胜任，陛下又为何突然把皇位让给儿子呢？”

睿宗和颜悦色道：“社稷所以能够安定，我之所以能够得到天下，完全是你的功劳。如今星象中的帝座有变，我把皇位让给你，将祸为福，有何不好？”

李隆基跪在地上，不断地叩头，不肯接受。

“你是一个孝子，为什么一定要等我死后，在我灵柩旁边即位呢？”

睿宗既然如此说，再要拒绝就是不孝了。于是李隆基只有即立，这就是历史上大大有名的唐玄宗（唐明皇）。

太平公主的下场

太平公主具有强烈的政治野心，挑拨睿宗与太子李隆基之不合，没有料到弄巧成拙，睿宗反而提早让位给太子，是为唐玄宗。

玄宗尊睿宗为太上皇，睿宗自称为“朕”，下的命令称为“诰”。玄宗自称为“予”，下的命令称之为“制敕”。

姑侄相争的结果，表面上玄宗似乎赢了，当上天子。可是，太平公主仗着哥哥睿宗的疼爱，依旧擅权用事，作威作福。当时一共有七个宰相，其中有五个出于她的门下；朝廷之中的文武百官，有一半是太平公主的党羽或心腹，很让玄宗头大。

太平公主有意毒死玄宗，她与宫人元氏等准备在赤箭粉中掺毒。赤箭粉是一种珍贵的补品，长久服用，可以增加气力，延年益寿，结果这条毒计没有成功。

大臣王琚（jū）眼看情势一天比一天危急，上奏玄宗曰：“事迫矣，不可不赶快起事。”

另外，左丞张说上奏，洛阳派人献上一把佩刀，意思是说，玄宗应该去除一切，当机立断。

荆州长史崔日用也上朝奏事：“太平公主谋逆已非一日，陛下以前在东宫，只是臣子，如果要讨伐她，还需要用计谋及兵力。如今陛下已登大宝，只要下一制敕，谁敢不从；万一太平公主奸宄（guǐ）得志，后悔就来不及了。”

“哎，”玄宗长长叹了一口气道，“一切诚如卿言，但恐惊动太上皇。”因为睿宗再三表示，没有其他兄弟姊妹，因此对太平公主这份手足之情格外浓厚。

崔日用又进言道：“天子之孝，在于安四海。假设奸人得志，国家成为一片废墟，还能称得上孝吗？臣请求先定羽林军，再收逆党，则不惊动太上皇也。”

玄宗想想，崔日用的话果然有理，于是任命他为吏部侍郎。

到了秋天七月里，玄宗接获密报：“公主欲于是月四日作乱。”玄宗不得不大义灭亲了。

由于太平公主的手下不晓得事已外泄，所以轻而易举被玄宗的人一网打尽。首领窦怀贞逃入厝（cuò）中，自尽而亡。

睿宗听说此事，赶到天门楼，郭元振奏称：“窦怀贞怀有逆谋，皇帝发兵诛怀贞，别无他事。”

睿宗本来就对政治没有多大兴趣，早年目睹母亲大人武则天的残忍杀戮就寒了心。如今又见政争再起，实在无心再过问此事，何况玄宗又英明能干。于是他就下了一道命令：“自今军国政刑，一皆取皇帝处分，朕方无为养志，以达到一向之心愿。”并且立刻迁居百福殿，表示不再理政。

睿宗既然不再管事，玄宗得以有权赐死太平公主于家。

太平公主听到消息后，跑到深山寺庙之中躲了三天三夜，然后下山。在家中被赐死，她的党羽数十人一并被处以死刑。

太平公主的儿子薛崇简数次劝谏母亲，被母亲好好地打了一顿。所以在这次事件之中，特免一死，官爵如故，赠姓为李。

至于为太平公主定计谋的窦怀贞，虽然在大乱中逃入厝中，自缢而死，仍然不被放过。他的尸体被拖出来鞭打，而且，唐玄宗认为此人太过毒辣，干脆改姓为毒。

当时抄没太平公主的家产，财货堆如山积，珍物宝玩，虽御府宫廷也望尘莫及。田园所放的利息钱，一连收了几年都收不

唐玄宗李隆基，元任仁发绘。

完，至于她所养的羊马，更是数都数不清，像太平公主如此的穷奢极欲，难怪不得善终。

于是唐玄宗正式成为李唐王朝第六位皇帝。因为他有“至道大圣大明孝皇帝”的尊号，所以后人习惯称之为唐明皇。

唐玄宗可以说是历史上最为人们所熟悉的皇帝之一。他在先天元年（712 年）即位，在位一共四十三年，包括了开元二十九年，天宝十四年。

开元年间，政治昌明，文治武功均盛，社会繁荣富裕。不仅是唐代的盛世，也可以说是中国历史上最辉煌的时代。唐玄宗所任用的姚崇、宋璟、张九龄等更是著名的贤相。

在这段时期之内，也是文学诗歌最璀璨（cuǐ càn）的时代。诗圣杜甫、诗仙李白，以及人们所熟悉的王维、孟浩然等都是赫赫的代表人物。

从贞观以来，一百多年储蓄下来的国力，在开元时期，像一朵鲜花般绽放了，历史上称之为“开元之治”。

到了天宝年间，姚崇、宋璟等老臣去世了，玄宗也进入中暮之年。眼看天下安乐，朝政不大放在心上，开始耽于宴乐，渐渐不辨忠奸。任用李林甫、杨国忠等精明能干，却又卑鄙无耻的小人，政事日非。

同时，玄宗又宠着杨贵妃，日益骄奢，不理政事。最后，终于在天宝十四年（755 年）爆发了安史之乱，使得唐朝的国势由极盛而衰。

唐玄宗六兄弟共枕同眠

唐玄宗是唐代在位最久的君主，他所造成的“开元之治”更是唐朝国势巅峰的表现。

玄宗即位之初，唐朝经历了韦后及太平公主两次大乱，唐玄宗以一股凌厉的锐气，积极地重整家声。

唐玄宗知道，如果要治国，必须先要齐家。从魏晋南北朝到唐初，我们已介绍过许多因为争夺皇位，骨肉相残的悲剧。即使如唐太宗之英明，仍然不可避免玄武门之变，亲手杀死了哥哥建成。

唐玄宗的得位，情况有些类似唐太宗。唐太宗是老二，唐玄宗是老三，同样不是长子，也同样建有奇功夺得天下，使得做父亲的左右为难，不晓得该把皇位传给谁。

或许就是因为有“玄武门之变”的前车之鉴，唐睿宗的机智，加上长子李成器的承让，才使得玄宗顺利登基。

玄宗与兄弟之间一向十分友爱，在一般民间，兄友弟恭本来是常见的事，没有什么特别。可是在皇宫之中就稀奇得很，因为每个王子生下来以后，都分别住在不同的宫室，由不同的乳母养育，平常甚少接触，谈不上什么感情，更由于为了争夺权力，骨肉相残是常有之事，所以唐玄宗的敦睦友谊值得大书特书。

唐玄宗对他的哥哥宋王李成器、申王李成义，两个弟弟岐王李范、薛王李业，从弟豳（bīn）王李守礼，都十分照顾。

在他即位之初，特别吩咐下面，准备一张特大号的床，兄弟六

唐代宫廷马球图，佚名绘。

人长枕大被睡在一块儿抵足而眠，可见得亲热之一斑。退朝之后，兄弟们一块斗鸡或者是击球。击球就是打马球，骑在马上击球，这是唐朝贵族最喜爱的野外娱乐活动之一。这种运动，需要有高超的骑术、壮健的身体以及勇武的精神，唐玄宗是个中高手。

唐玄宗还喜欢邀兄弟们一块去打猎，晚上在别墅休息，彼此讲论赋诗、饮酒博弈（yì），甚至还举行家庭小小音乐会：李成器善于吹笛，李范喜弹琵琶，玄宗本人更是妙解音律。他曾选择三百伶人在梨园受教，因此我们把演剧之所称之为梨园，唱剧的优伶称为梨园子弟。

玄宗与兄弟们玩耍之时，彼此之间行家人礼，他从不摆出皇帝高高在上的威风。只要任何一个兄弟生了病，玄宗为之终日不食，终夜不寝。上朝理政也放不下心，不断地交代宦官们："去看看情况如何，赶紧前来通报。"

等到来人通报之后，没有隔多久，他又下令："再去看一看。"像这样，在短短的时间之中，竟然来往十次之多，但是玄宗仍然牵肠挂肚，恨不得自己前去照料。

有一次，李业病了，唐玄宗十分着急，亲自为这个弟弟煮药。忽然之间，刮来一阵大风，使烧药的火苗燃到玄宗的胡须，左右大惊失色，急忙营救。

唐玄宗对此并不后悔，他说："假使薛王（即李业）饮此药而愈，何足惜哉！"

其实，贵为帝王，哪用得着自个儿煎药，此不过表示他手足之情浓厚。

至于宋王李成器，本来是应即帝位之长子；他尤其恭敬谨慎，从来不谈论时政，而且李成器尽量避免与臣子交结，以免引起不必要的误会。

正因为李成器十分守本分，玄宗特别信重他。左右想要挑拨离间者，也没有办法下手。不但李成器是这样，其他几个兄弟，玄宗为着防范别人利用煽动，也严禁群臣与诸王秘密往来。

在玄宗还没有当皇帝之前，被赐藩邸于兴庆坊。在这儿，就时常与其他五王共聚一块。后来搬到皇宫当天子之后，改建藩邸称为兴庆宫，在宫的周围，他为五个兄弟各建了一座富丽堂皇的宅第，号为五王宅。更在兴庆宫之东南角，建造了两座楼台，一座题为"勤政务本"之楼，另一座题为"花萼相辉"之楼。意思是说一登此楼，即可见五王宅第像花与花萼一般相辉映。

由于玄宗与五兄弟手足情深，所以五王均得善终。开元十四年（726 年），岐王李范因病去世时，玄宗为之痛哭三日，并且写《孝经》一部哀悼之。玄宗对兄弟之友爱，虽为私事，但是骨肉之祸，每每影响大局，所以这是他挽救政风的第一要务。

唐玄宗不但注意齐家，更重视修身。开元二年（714 年）七月，他下了一道诏令："乘舆衣物、金银器玩，宜令有司销毁，以供军国之用，珠玉锦绣，焚于殿前，后妃以下，皆毋（wú）得服珠玉锦绣。"如果违反此令，"杖一百"——就是打一百板屁股。他更把专为皇宫供应上等衣料的两京织锦坊给关闭了。

在八月，他又听说民间盛传皇宫要挑选美女，充入后宫。玄宗为辟谣，把后宫中无用的佳丽载还其家，并且敕曰："燕寝之内的宫人，尚且罢遣，闾（lǚ）里之中，当知没有采择女子之事。"

子曰："修身、齐家、治国、平天下。"唐玄宗切实做好了修身、齐家，他如何进一步的治国、平天下？

开元之治

开元是唐玄宗初期的年号，共有二十九年，它是唐太宗贞观之治后唐朝第二个盛世，是初唐国势的巅峰表现。唐朝的大诗人杜甫曾经写一首诗《忆昔》，形容当时的物阜（fù）民丰："忆昔开元全盛日，小邑犹藏万家室。稻米流脂粟米白，公私仓廪（lǐn）俱丰实。"

开元期间之所以能如此富足，除了唐玄宗谨慎从政之外，最主要的是他任用了姚崇、宋璟两位贤相。

姚崇，选自《历代名臣像解》。

姚崇是武则天时代的老臣，他的本名是姚元之，为着避"开元"的元字，改名为姚崇。在开元元年（713年）受拜为宰相，就任之初，先向玄宗陈出武则天之后的十件积弊，以及改革政风的要图，这是历史上有名的一篇文章，称之为《十事要说》。

姚崇处事敏捷，善于应变，他自比为管仲、晏子，为官清廉。开元四年（716 年），姚崇工作辛劳，累得生病了，他因为没有自己的宅第，只有在罔（wǎng）极寺中养病。（在古代，因为是家族社会，往往一个人做了官，家族中所有大大小小都由一个人供养。所以为官清廉者，十分清苦，例如我们以前介绍的魏徵也是如此。）

宰相生病了，唐玄宗十分着急，派人去打听，才知道姚崇得了疟（nüè）疾，忽冷忽热。玄宗一天之中遣人问候不下数十回。

姚崇生病了，他的职务由黄门侍郎、同平章事源乾曜（yào）代理。每次源乾曜上前奏事，唐玄宗若是听着满意，顺口而出："此必姚崇之谋也。"

源乾曜急忙叩谢道："实在如此。"

万一玄宗皱起眉头不甚满意，他知道这八成是源乾曜自己的主意，于是下令："何不与姚崇议之。"

凡有大事，源乾曜就奉了圣旨往庙里跑，跑来跑去实在累坏了。于是他建议："何不迁崇于四方馆？"

玄宗马上答应，让姚崇搬到中书省的四方馆，由姚崇的家人照料病情。

姚崇不愿意搬入，因为四方馆是办公之地，怎可用来养病？再三辞谢。

"设四方馆，为官吏也，使卿居之，为社稷也，朕恨不使卿搬到禁中，你有什么好推辞的？"玄宗仍然坚持。

在这样盛情难却的情形下，姚崇只好搬入四方馆。

姚崇当了三年宰相之后，天下大治，宋璟继任为相。宋璟为人凝重，守法持正，喜欢直谏，作风有点儿像唐太宗时代的魏徵。除了姚崇、宋璟两人可以媲（pì）美房玄龄、杜如晦之外，尚有卢怀慎、张九龄、韩休等相臣都以清廉正直著名。因为正人君子当道，使得唐朝从高宗以来的奢淫贪纵的风气为之一变。

唐玄宗不但勤俭治国，而且好学不倦，他对宰相说："朕每读书，有所疑惑壅滞（yōng zhì）之处，无从质问，可选儒学之士，轮流入内侍读。"

于是，卢怀慎推荐了两位学者——马怀素、褚无量作为唐玄宗的老师。

马怀素是润州人，小时候家中很穷，点不起蜡烛，只好白天去捡一些人家不要的木柴屑，夜晚燃着读书。他博览经史，文章写得很好，一举高中进士。

褚无量也是苦学成名的大学问家，他是杭州人，幼孤贫，励志好学。家中附近有一个临平湖，湖中时常有龙斗，整个乡里都跑去看热闹，只有他一个人安坐在书桌之前，一动也不动，这时，他才只有十二岁，就有如此定力，难怪考取明经科。

考试制度是中国的良法美制，它鼓励有志的年轻人向学，所以有人批评我国古代为"封建"社会是不正确的。在中古欧洲，爸爸当鞋匠，儿子只能当鞋匠，这才是封建，而我国一向是将相本无种，男儿当自强。

自从这两位学者请入宫中侍读以来，唐玄宗为着尊师重道，对他们非常礼遇，不但准许乘轿子入宫门，而且往来两馆之间，特准骑马，完全是对待师傅之礼。

尤其，褚无量年纪较大，玄宗体恤他行动不便，特别为他制造了腰舆。这种轿子抬起来，刚好与腰平，便利褚无量上下，可见玄宗的敬重读书人。

玄宗为防止人多壅塞，造成钻营奔竞的风气，限定明经、进士两科，每岁不得超过一百人。安乐公主时代，她用撒娇方法，蒙蔽父皇中宗所封的斜封官，一概予以罢除。

此外，玄宗恐怕佛教过度盛行，影响华夏文教，在开元二年（714 年），命令淘汰僧尼，勒令还俗，禁止建寺院、写佛经，又整理财经，清查户籍。据说米价便宜到一斗十三个钱，山东一带，更只要三钱，旅客行“千里不持尺兵”（尺兵就是短短的武器），不必怕有坏人抢劫。在贞观时代，全国人口约为两千余万，到了开元时期，则增加到将近为五千万人。

总之，在玄宗勤俭治国的努力下，呈现空前的繁荣，四方外族，争来朝贡。长安城里云集了各国的使臣商贾，热闹非凡，史称“开元之治”。

李林甫口蜜腹剑

唐玄宗即位之初，战战兢（jīng）兢，任用姚崇、宋璟等正直大臣，勤俭建国，造成中国历史上有名的太平盛世，史家称之为“开元之治”。

然而，到了开元末年，唐玄宗渐渐进入中暮之年，眼看天下太平，丰衣足食，慢慢失却了戒慎之心，沦于享乐的生活，加上朝臣不断地在耳旁歌功颂德，使得唐玄宗飘飘然，产生一种狂妄自大的错觉。在志满意骄的情况之下，用人轻率，奢靡浪费，内宫妃嫔众多，朝政不太放在心上，于是不辨忠奸，历史上有名的奸臣李林甫应时崛起。

李林甫是唐高祖从父弟长平王叔良的曾孙，开元初年，被任命为太子中允。当时，源乾曜为侍中，乾曜（yào）的儿子对父亲说：“李林甫求为司门郎中。”

源乾曜一口就回绝了：“郎官需要品德才能高的人才能担任，哥奴岂是郎官的料？”哥奴就是李林甫的小名。

源乾曜看出李林甫非善类，不愿意提拔他。可是李林甫因有本事钻到刑部、吏部当侍郎，而且削尖了脑袋，准备向上窜。

李林甫这个人柔佞（nìng）狡猾，一张笑脸，做人周到，讲起话来甜言蜜语，心里头是时时刻刻设计害人。口有蜜，腹有剑，当时的人称之为口蜜腹剑，这也就是“口蜜腹剑”成语的由来。

李林甫当上吏部侍郎以后，开始积极与宦官及妃嫔之家交往。

唐代宫廷妃嫔，唐周昉绘。

由于宦官及妃嫔是伺候皇上的，所以唐玄宗的一举一动，李林甫总是第一个知道，也了解皇上的心意，上朝奏对，总能揣摩到玄宗的心意。玄宗对他相当欣赏。

当时，唐玄宗最宠爱的妃子是武惠妃，而且想把她扶正为皇后。可是臣子们不同意，因为唐朝刚刚去掉一个武则天，对武家的人，心怀畏惧，纷纷上言："武氏乃不共戴天之仇，岂可为国母？"

唐玄宗不得已，只好打消此意。不过，武惠妃在宫中所受的礼遇，与皇后娘娘是一样的，由此可见唐玄宗对她的疼爱。

李林甫捉住这个机会走内线，他对武惠妃说，愿意尽量地保护惠妃的儿子寿王李瑁（mào），设法让寿王当皇帝，武惠妃心中很感激。于是在她的协助下，李林甫升到了黄门侍郎。

开元二十二（734年）年，李林甫与大文学家张九龄同时任相。张九龄是开元期间最后的一位贤相，有魏徵之风。可惜唐玄宗不是唐太宗，没有纳谏之美德，他听惯了阿谀之词，不能忍受唱反调的忠臣之士。

由于太子瑛（赵丽妃所生）、鄂（è）王瑶（皇甫德仪所生）、光王琚（刘才人所生）这三个人，因为母亲失宠，不免有些埋怨。武惠妃把这件事告诉唐玄宗，唐玄宗大为不高兴，想要废掉太子。

张九龄反对说："太子国本，奈何以一时之间喜怒废之。以前晋献公听骊姬之谗言，杀了公子申生，天下大乱；隋文帝纳独孤皇后之言，废太子勇，立炀帝，遂失天下；由此观之，不可不慎。陛下必为如此，臣不敢奉诏。”

这番话，说得极不动听，唐玄宗紧锁眉头。

李林甫在朝廷上没有开口，退朝之后，悄悄地对宦官说：“此皇上家事，何必问外人？”

当宦官把李林甫的话传到了唐玄宗耳中，唐玄宗自然发现李林甫之可爱与张九龄之可厌了。

自古以来，一心为国做事的和一心做官的向来意见相左。因为做事的，心中想的是如何为国为民，难免忠言逆耳；可是会做官，懂得官场手段的，却只会拍马屁，为自己的官途动脑筋。

不久，张九龄与李林甫又起了争执。

有一个叫牛仙客的朔方节度使，很有才能，在他的领导之下，仓库充实，器械精利，唐玄宗想要加牛仙客为尚书。

张九龄立刻曰：“不可！”他的理由是：“尚书就是古代的纳言，从唐朝建国以来，只有旧相及中外有德望者才可为之。牛仙客不过是河西节度使判官，忽然之间，列为清要之职，恐怕是朝廷之羞！”

“那么，加实封如何？”唐玄宗问道。加实封就是封爵位之意。

“还是不行，”张九龄又曰，“边将实仓库，修器械，不足为功，赐之金帛可也。”

李林甫在旁道：“仙客，乃宰相才也，尚书一职对他又有何难？九龄乃一书生，不识大体。”

这句话玄宗听了才开心，第二天，准备给牛仙客实封，不料，张九龄又固执地反对，玄宗变了脸色：“凡事都听卿的吗？”

张九龄叩了一个头道：“陛下不以臣愚，使臣为宰相，臣不能不言。”

唐玄宗叹了一口气：“卿嫌仙客出身寒微吗？”

“那倒不是，”张九龄解释道，“仙客目不识丁，若大任之，恐不合众望。”

原来，牛仙客不识字，李林甫还说他是相才，未免过分。可是李林甫仍然说：“苟有才识，何必识字，天子用人，有何不可？”最后，赐牛仙客为陇西县公。

张九龄罢相职

唐玄宗因为天下承平，百姓安乐，失去了开元初年兢兢业业的奋发心理，渐渐沉迷于享乐之中，而且任用了口有蜜、腹有剑的大奸臣李林甫为相。李林甫与另一位正直的宰相张九龄不合。

事实上，在唐玄宗准备用李林甫为相时，征询过张九龄的意见。他当时就反对："宰相系国家之安危，陛下用李林甫为相，臣恐将为宗庙社稷之忧。"玄宗不悦，仍然用李林甫为相。

唐玄宗本身原是一个很有才能的君主，但是，他又是一个喜欢分层负责的天子。当初，玄宗用姚崇、宋璟为相时，就是对宰相愿意付以重任。从一件小事即可证明。

在开元元年（713 年）十月，姚崇为郎吏之事请奏玄宗，玄宗只是望着殿堂的天花板，一句话也不开口。姚崇一问再问，玄宗还是不应声。

姚崇心想一定是哪儿冒犯天威了，吓得退朝而出。

下朝之后，唐玄宗最宠信的太监高力士上谏："陛下新总万机，宰相奏事，为何不理？"

"朕任他为宰相，如有大事当奏闻共议之，郎吏小事，何以一一烦朕？"

原来是这么一回事，高力士赶紧通报姚崇。姚崇松了一口气，也佩服玄宗的信任人。

正因为玄宗的想法是，小事皆委宰相，"不必一一烦朕"，因此他不愿意宰相之间有不合的现象，凡有不合，必罢相位。例如开元二十一年（733 年），宰相萧嵩、韩休不合，玄宗把他俩一块罢去。如今，张九龄与李林甫又不合。

李林甫知道张九龄反对他当宰相，心里恨透了张九龄，可是表面上仍然曲意顺从。因为张九龄乃当时的大文豪，他在九岁就能做文章，天下闻名。唐玄宗在做太子之时，举天下文藻之士，亲自策问，张九龄高中第一。

唐朝是一个文学兴盛的朝代，据说当时“登高不能赋者，童子大笑”。就是说万一有个人登山到了高处，竟然不能赋一首诗形容心境，连小孩子都会笑你没学问，是一个草包。

张九龄，选自《历代名臣像解》。

再加上玄宗本身最敬慕文学家，张九龄的地位更高了。大家所熟悉的《唐诗三百首》，翻开来第一篇《感遇》就是张九龄的作品，所以李林甫表面仍得敷衍敷衍。

李林甫因为自己肚子里的墨水不多，当然不愿意用比他强的人。在上一篇，我们说过，李林甫坚持要用目不识丁的牛仙客，如今他又举用萧炅（jiǒng）为户部侍郎。

萧炅是个不学无术

的人。有一次他与中书侍郎严挺之一同去应酬，在宴会中，拿起一本《礼记》，把伏腊念成了伏猎，伏日腊日乃冬夏之季节。

严挺之故意戏弄他：“伏猎？”没想到萧炅还是读错，而且根本不知道自己错，严挺之不禁皱紧了眉头。

现在听说萧炅竟然要担任户部侍郎，严挺之大生反感，对张九龄一抱拳道：“台阁之内，岂能容伏猎侍郎？”

于是，满口白字的萧炅改任命为岐（qí）州刺史，做不到户部侍郎。李林甫觉得脸面无光，气恼不已。

严挺之娶了一个妻子，后来因故离婚了，又改嫁给蔚州刺史王元琰（yàn）。元琰犯了罪，严挺之帮忙营救宽解，李林甫把这件事报告唐玄宗，唐玄宗要治严挺之的罪。

张九龄解释道：“此乃挺之已离婚的妻子，两人已没有关系。”

“虽已离异，乃复有私情。”唐玄宗趁此机会罢去张九龄之相职。

张九龄既然得罪了李林甫，落此下场。从此之后，朝廷之中的大臣，个个明哲保身，不敢再直言。

因此，有些史家认为，开元二十四年（736年），张九龄罢相职，唐玄宗专任奸

唐立伏马，陕西省礼泉县贞墓出土。

臣李林甫，是唐朝由盛而衰之一大关键。

去掉张九龄之后，李林甫为自尊大权，召集谏官，挑明了威胁："现在明主在上，群臣顺从还来不及，不必再多言，诸君不见立仗马吗？食三品料，一鸣则斥去，悔之何及？"

立仗马是站在宫殿门外仪队用的马，威风凛凛又神气，又没有什么事。可是不能乱吼，万一不该叫的时候长嘶一声，就没办法当立仗马了。

李林甫的意思是说，各位谏官应该像立仗马一般乖乖地站着别动，自有享不尽的荣华富贵，要是上谏皇上，那就只有走路了。

有一位补阙杜琎不信邪，上书向皇帝奏事，第二天，立刻被黜为下邽（guī）令。从此，没有人敢开口了。

自从张九龄除去相职之后，牛仙客与李林甫搭档。牛仙客本来不是当宰相的料，又是李林甫一手提拔，只有唯唯诺诺，一切听命于李林甫，样样不敢裁决。

百官之中有奇才美德者，都终老于原职，巧谄奸邪者，则不次升迁。李林甫城府深，心思密，嘴巴甜得不得了，暗中却能不露痕迹狠狠来上一刀。他只要看出玄宗喜欢哪一个臣子，立刻前往巴结示好，等到这个人的地位渐渐抬头，稍微对他有一点儿威胁，马上想办法去掉，即使是老奸巨猾的，也斗不过他。

杨贵妃天生丽质

在《李林甫口蜜腹剑》一篇中，我们说到，唐玄宗对武惠妃百般宠爱，想要扶正她当皇后。可是武惠妃乃是武家的人，唐朝人被武则天吓坏了，反对武惠妃为后，因此作罢，但是惠妃在宫中之礼遇与皇后毫无差别。

惠妃在开元二十五年（737 年）去世，年仅四十余岁，追赠贞顺皇后。

唐玄宗对惠妃思念不已，长吁短叹，后宫虽然有数千佳丽，没有一个合意的。此时有臣子上报，说是寿王妃杨氏之美，举世无双，寿王是唐玄宗与武惠妃所生的儿子。于是，唐玄宗这个公公，就从儿子手中抢走了媳妇。

此位杨妃，从小是个孤儿，由叔父养大。她长得肌态丰艳，美若天仙，唐玄宗一眼就看中意了。于是先让她去当女道士，号太真，与寿王离婚，再把太真迎入宫中，这就是历史上天下有名的美女——杨贵妃。

唐朝大诗人白居易在《长恨歌》中这样形容着："汉皇重色思倾国，御宇多年求不得。杨家有女初长成，养在深闺人未识。天生丽质难自弃，一朝选在君王侧。回眸一笑百媚生，六宫粉黛无颜色……"

意思是说：唐明皇贪爱美色，治理天下多年，一直没有找到中意的。有一个姓杨的人家，正好有一个娇女方才长大，养在深闺之

杨贵妃上马图，团扇绢本设色，佚名绘，（美）波士顿艺术博物馆藏。

中，别人还没有发现她的绝色。可是她天生如此美貌，终究不会被舍弃的，所以有一天就被选入宫中，陪侍在君王身旁。她只要眼波一转，千娇百媚，无比动人，使得后宫中三千佳丽，相比之下，黯然失色。

杨贵妃不但人生得美艳，而且擅长音律，与唐玄宗不谋而合，又懂得撒娇逢迎。不到一年之中，她所受到的宠爱已经超过当年的武惠妃，宫中上上下下称之为娘子。

中唐以前，尚武之风盛行，女子也常常骑马。杨贵妃每次骑马，都由唐玄宗最宠爱的太监高力士执辔（pèi）授鞭，伺候她上下马，可见其神气。

为着不断供应杨贵妃的新衣裳，一共有七百个织绣工人，日夜为她裁制。有襦（rú）、衫、袴（kù）、裙、半臂、披帛、袍、袄、带等。杨贵妃还有一种新款式，称之为“鸳鸯并头莲锦祷（dǎo）袜”，又称为“莲覆”，类似今天流行的袴袜，乃当时时髦之物。她还有不少露背装，因为唐朝妇女有袒胸之习。这绝不是汉人固有服装，必是胡人文化的影响。

天下人都知道唐玄宗宠爱杨贵妃，因此争献器服珍玩巴结她，岭南经略使张九章、广陵长史王翼所孝敬的东西特别精美。一个加了三品官，一个做了户部侍郎，消息传出，天下人更抢着献宝了。

杨贵妃喜欢吃新鲜的荔枝，又香又甜又多汁，可是长安城里没有荔枝，荔枝是产在岭南地方的水果。唐玄宗为着讨她欢喜，命令快马从驿道为她赶运荔枝，运到长安之时，仍然是异常新鲜，色味不变。

从赶运荔枝，我们可以发现，唐朝的交通发达，往来便利，否则杨贵妃也吃不到荔枝了。今天我们国内盛产的荔枝又大又红到处有得卖，可说得上比杨贵妃还要享受。

由于杨贵妃是三千宠爱在一身，“遂令天下父母心，不重生男重生女”。民间流行一首歌谣：“生男勿喜女勿悲，君今看女作门楣。”在古代，女子没有地位，所以生女能撑住门户很不简单。

唐明皇对杨贵妃的要求，从来没有打回票的，杨贵妃不免恃宠而骄，妒悍不逊。天宝五年（746 年）七月里，唐玄宗大发脾气，把杨贵妃赶回她哥哥杨铦（xiān）的家中。

唐明皇与杨贵妃，日本春信绘。

唐代骑健马女俑，唐墓出土。

第二天直到中午，唐玄宗仍然不开心，饭也不肯吃，在身边伺候他的，莫名其妙都挨了揍。

高力士为试探唐玄宗的意思，请求将贵妃之物送回去，一共运了一百多车。唐玄宗还分了一些御膳一块带去，这分明表示是想念她。

当天晚上，高力士奏请贵妃归院。唐玄宗答应了，杨贵妃又回来了，两人的感情比以前更浓。

天宝九年二月里，杨贵妃又因为忤（wǔ）旨，再次被唐明皇赶了回去。

户部郎中上奏道："妇人识见思虑不远，违忤圣上心意，陛下何不使之在宫中赐死也就算了，何必把她赶出去在外面受辱？"

其实，刚刚赶走杨贵妃，唐玄宗马上就后悔了，又派了宦官赐以御膳。

杨贵妃对着送御膳来的太监哭着说："妾罪当死，陛下不杀我，放我回家，今后当永离宫闱，我的金玉珍玩都是陛下所赐，不足为献，惟发者父母所与，敢以荐诚。"说着剪下一绺青丝，让使者带回去。

唐玄宗抚弄着这一绺头发，往日百般恩爱浮现在眼前，他觉得一刻也不能再忍受相思之苦了，立刻命令高力士再把杨贵妃请回。毕竟唐玄宗与杨贵妃之间是有感情的，与一般皇帝玩弄宫女有所不一样。

我们后代用“环肥燕瘦”形容美人体态各有不同，各有千秋。燕是指赵飞燕，身轻如燕；环肥就是形容杨贵妃，她本名叫玉环。不过，所谓“肥”应作健美讲，并不是肥墩墩的，唐朝人喜欢高头大马健壮的女子，以此为审美标准，与宋朝之后林黛玉式弱不禁风完全不同。国势强的时候，连女子都是丰腴（yú）为美，能够骑马射箭。今天我们的男子，流行戴项链，拿女用皮包，娘娘腔又脂粉气，实在不是国家之福。

丽人行

唐玄宗认为国家富饶，所以视金钱如粪土，好奢侈，爱享乐。在天宝六年，改温泉宫为华清宫。华清宫位于陕西临潼县南边的骊山，骊山之上有富丽堂皇的宫殿称为骊宫，他常与杨贵妃在此通宵达旦地狂欢。

大诗人白居易《长恨歌》中的“春寒赐浴华清池，温泉水滑洗凝脂……骊宫高处入青云，仙乐风飘处处闻”，就是形容这一段豪华绮丽的生活。除了杨贵妃本人备受恩宠之外，她的三个姊姊也并承恩泽，势倾天下。分别被封为韩国夫人、虢国夫人、秦国夫人，三人都是国色天香，才貌双全，唐明皇呼之为姨。

这三位夫人之中又以虢（guó）国夫人最为美丽，唐朝诗人张祜（hù）曾写了一首诗来形容——“虢国夫人承主恩，平明骑马入宫门。却嫌脂粉污颜色，淡扫蛾眉朝至尊。”——这首诗的意思是说，虢国夫人受到君主恩宠，她在天明时候，骑着马进入了宫门。她天生清丽，所以不施脂粉，以免损害了原来的容颜，只是用青黛在眉毛上轻轻刷了一下，就来见皇帝了。至尊就是天子的意思。如今我们就用“淡扫蛾眉”形容妇女化淡妆。

韩国、虢国、秦国三位夫人，凡是有所请托，府县中的官吏一刻也不敢怠慢，简直和领了圣旨差不多。要请求她们三姊妹帮忙者，都不约而同地挤到门上了。惟恐迟了一步，错过大好时机，因此门庭朝夕如市。

唐玄宗对她们颁赐之多，四方献遗之富，堪称天下第一。这三姊妹都极其奢侈，尤其喜欢比赛建造房舍，不造则已，一造定是动辄（zhé）千万以上。

等到房子造好了，发现有别人的房子比自己的更大更美，一气之下，立刻把新房子夷为平地，重新再建。其中虢国夫人尤其任性，为着自个儿造新屋，有一天，突然带人闯入韦嗣立家中，把他的旧屋撤去，就地另建新厦。

如此阔绰的享受，唐玄宗怎么负担得起，倒楣的当然还是老百姓。税捐一天比一天更重，生活一天比一天更苦。大诗人杜甫同情被压榨的人民，因此写了不少反映当时生活的忠实纪录，所以我们称杜甫为诗史。

杜甫曾经写过一篇流传千古的乐府诗——《丽人行》，就是讽刺这三位佳丽的。这首诗的意思是这样的："三月初三这一天，天气很好，在长安曲江的水边，有许多佳丽出来游玩。她们生得是姿态浓艳，情意悠远，品格既淑丽又贞静。她们是如此白嫩细腻，骨肉均匀。她们身上所穿着的绣罗衣裳，在暮春时分闪耀着金孔雀与

虢国夫人游春图，唐张萱绘，辽宁省博物馆藏。

银麒麟的光芒。

“她们头上戴的是什么呢？原来是用翡翠毛扎成的花环，巧妙地贴在鬓发旁边。从她们的背影可以看出，珍珠缀成的裙褶，衬出身材的曼妙。在这些云幕之中，我们看到几个皇亲国戚，那就是杨贵妃的姊姊虢国夫人与秦国夫人正在江边宴会。

“宴上都是些难得一见的山珍海味：有从翡翠锅中端出来的紫驼肉峰，水晶盘内端放着白银似的鲜鱼。可惜，虽然是人间美味，她们早已吃惯，早已训练得口愈来愈刁，所以拿起犀角制的筷子，竟然懒洋洋的不曾下箸（zhù）。徒然让这些佳肴堆放在筵席之上。

“突然之间，宫中的太监骑着快马从宫中赶到，连地上灰尘都不曾飞动。原来是唐玄宗送来御厨之中八样珍品，陆续不断摆上筵席。

“席间笙箫的乐声，哀感的程度足可惊动鬼神，前来光临的宾客非常之多，而且都是位居要津的大官儿。

“这时，有一个人在后头骑马而来，他的行动为何如此迟缓，为何又如此神气？下马之后，直接走进去，坐在席中锦绣毯子上。

“在这美丽的春天里，杨花像白雪一般撒落在白蘋（pín）上面。青鸟飞入，衔走了一块妇女用的红巾。座上这一行皇亲国戚，炙手可热，除了花鸟可与他们接近外，你们要保持距离，可别惹恼了这位刚才来的丞相啊。”

杜甫诗中所说的丞相指的是杨国忠，杨贵妃的远房堂兄。

杨国忠与虢国夫人是邻居，往来密切。时常并辔（pèi）走马上朝廷，虢国夫人脸上没有戴头纱，而按规矩，有身份的女人要戴面纱的，路人为之掩目，杨国忠却得意洋洋。

天宝十二年（753 年），玄宗到华清宫，韩国夫人、秦国夫人、虢国夫人准备前往华清宫，先到杨国忠家中会合。车马仆从，充溢数坊，锦绣珠玉，鲜华夺目。

杨氏五家分为五队人马，每队各穿一种颜色的衣服以为识别。当五家合为一队前进之时，灿烂有如百花焕发。一路上所遗留下来的钗钿（diàn）、琴瑟、珠翠，灿烂芳馥。而杨国忠以剑南旌节的身份，引导在前，不可一世。

杨国忠曾经对人说："我们本是寒家，因为后妃的关系才能到达这步田地，然而终究不能得到什么好名声，还不如尽量寻欢。"

杨国忠是怎样的一个人？他怎么能做到宰相？

杨国忠利用裙带关系

杨国忠本来不叫杨国忠，他的本名是杨钊（zhāo），武则天宠爱的张易之正是杨钊的舅舅。

杨钊原本在乡里之间名声极坏，因为他是一个赌徒，不学无术，只爱喝酒，为宗党所鄙视。后来，杨钊发愤从军，在军队中依旧不得人望。益州长史张宽十分嫌恶杨钊的为人，曾经狠狠揍了他一顿。

杨钊从军期满，可是家中实在太穷，连回去的旅费都筹不出来。幸亏有一个大富豪鲜于仲通资助他，才得以返家。

当杨钊回到四川老家的时候，恰好杨贵妃的父亲杨玄琰病死，家中没有人照料。于是这位远房堂兄就帮忙处理上上下下的事，并且与杨贵妃的姊姊虢国夫人十分亲密。

后来，杨贵妃的三姊妹都出嫁了。秦国夫人嫁给柳家，韩国夫人嫁到崔家，虢国夫人嫁到裴家。杨贵妃则先嫁给了寿王，不久又成为唐明皇的新宠，都搬到长安去了。

此时，正是口蜜腹剑的李林甫大权在握的时候。剑南节度使章仇兼琼与李林甫向来不合，觉得极不安全。他看到杨贵妃被唐明皇给捧上了天，就有意走内线。

曾经资助过杨钊的鲜于仲通是章仇兼琼的心腹，章仇兼琼拜托鲜于仲通："我虽为主上所亲厚，但无内援，或早或晚必为李林甫所害。闻杨妃新得宠，人们还不敢依附，请你代为到长安，与杨家相结，我则无忧矣。”

鲜于仲通回答：“仲通蜀人，未尝到过京师，恐怕坏了你的事，今我为公求得一人。”

接着，鲜于仲通向章仇兼琼说起了杨钊，谈到杨钊与杨贵妃一家非比寻常的关系。章仇兼琼一听之下，大喜过望，立刻要求见杨钊。

杨钊虽然是个不学无术的混混，但是生得高头大马，仪观丰伟，说起话来又滔滔不绝，言辞敏捷。章仇兼琼十二万分的满意。

事不宜迟，章仇兼琼立刻采买了四川各种精美珍玩，交给杨钊，让他带到京师之中作为活动费用。

杨钊也认为这是一个千载难逢的大好机会，带了价值万缗（mín）的珍物，日夜赶路，来到了长安城。

他到了长安之后，没费多大劲儿先找到了虢国夫人。然后，利用虢国夫人的关系，把这些昂贵的礼物分赠给杨家大大小小的亲戚。

杨氏亲戚既然收了礼物，当然少不得在唐玄宗面前，极力夸赞章仇兼琼的能干，以及杨钊的善于赌博。唐玄宗正沉迷于享受，是个老糊涂了，于是杨钊被任命为金吾卫兵曹参军。章仇兼琼的投资也得到报酬——内调为户部尚书。

此时，李林甫这个奸臣正红透半边天，唐玄宗样样事都对他深信不疑。李林甫知道唐玄宗厌倦于四方巡幸，尤其在天宝三年（744 年）得到杨贵妃之后，耽于享乐，对于民间的关怀，兴趣大为降低。他曾经对宦官高力士说：“朕欲高居无为，把所有政事委托李林甫办理，你看怎样？”

“天子巡狩，乃自古以来的传统，且天下大柄，不可假借于人，万一李林甫的威势太大，恐怕不太妥当。”高力士不太赞成唐玄宗的主张。

玄宗听了高力士的话之后，脸色大变，青一阵白一阵。高力士一向善于察言观色，立刻跪在地上叩头道："我是发了疯疾才如此狂言，罪该万死，罪该万死！"

唐玄宗看高力士认了错，也就不再追究，并且亲自为高力士斟酒，左右皆呼万岁。高力士从此不敢再谈天下大事，不过，由此可见，唐玄宗对李林甫的信任。

杨钊是个何等聪明的角色，自然不敢得罪李林甫这位皇帝身边的红人，至于李林甫，也乐得结纳杨钊这个小人，免得让杨贵妃不悦，干脆推荐杨钊为御史。

李林甫为了要彻底巩固地位，想要清除所有不依附他的人，把脑筋动到狱吏上面。京兆尹萧炅（jiǒng）（即我们前面曾经提到过的"伏猎侍郎"，那个念白字的家伙）派了他的法曹吉温做审判官。吉温审判的办法，是先把李林甫所谓的"犯人"捆绑到前厅，同时吉温在后厅拷打死囚，一阵又一阵惨痛呼号的声音，不断从后厅传到前厅，在前厅的犯人只觉毛骨悚（sǒng）然，仿佛到了十八层地狱之中，等到提堂时，早已吓得魂不附体，立刻招供了。李林甫兴大狱，杨钊也从旁协助，陷害了一百多家不依附李林甫的人家。

杨钊表面上对李林甫言听计从，骨子里却想排除李林甫。例如为李林甫兴大狱的吉温，最后竟然被杨钊收买。

天宝九年（740 年），杨钊已经做到了兵部侍郎兼御史中丞，得到玄宗的信任。事实上，玄宗因为太宠爱杨贵妃，当然对她的亲戚另眼相看了。

这一年，杨钊以"钊"为金刀二字不妥，奏请改名。唐玄宗赐名为国忠。杨国忠是不是对国家尽忠呢？

杨国忠当宰相

唐明皇对杨贵妃是“三千宠爱在一身”，连带着，杨贵妃的远房堂兄杨钊也平步青云，并由唐玄宗赐名为杨国忠。

杨国忠是一个具有谄（chǎn）媚功夫的标准小人，他看到当时唐玄宗信任的李林甫势如中天，千方百计予以巴结。口蜜腹剑的李林甫，也乐于结交这个与杨贵妃有关系的新贵。

杨国忠在得到唐玄宗信任之后，开始挖李林甫的脚跟，许多李林甫的心腹都暗中改投杨国忠。

天宝十一年（752年），杨国忠兼京兆尹之职。他命令一个因为谋逆被关在牢中的犯人，供出李林甫暗中与逆党通谋，连李林甫一手提拔的陈希烈也出来作证，表示确有此事。

结果这条毒计没有扳倒李林甫。可是从此以后，唐玄宗渐渐疏远李林甫，杨国忠贵震天下，与李林甫成为仇敌。

过了半年左右，南诏数次进犯边境，蜀人请求杨国忠前往镇压。李林甫也催他上路，可是杨国忠不想去，他很担心李林甫又在耍阴谋。

直到杨国忠出发之前，向唐玄宗辞行之时，还在流着眼泪哭泣道：“此行必为李林甫所陷害。”杨贵妃在一旁，也帮着求情，希望能免去此行。

唐玄宗再三安慰杨国忠道：“卿暂且赴蜀，处置军事，朕计算着日子，等待卿之归来，回来以后还要当宰相。”

唐代文官，陕西乾县章怀太子李贤墓壁画，陕西博物馆藏。

既然唐玄宗如此承诺，杨国忠虽满心不愿意，也只有勉勉强强上路了。

杨国忠一去，李林甫的病情刚好转坏，心中十分烦闷。有一位巫师对李林甫说，只要见到皇上，就可以有痊愈的机会。

唐玄宗听说了，马上就要前往李府。左右都劝唐玄宗不要去。最后，唐玄宗想了一个办法：他要李林甫从病床中下来，走出庭中，然后唐玄宗站在华清宫的隆圣阁上，让李林甫可以远远地仰望圣颜。

于是，唐玄宗来到了隆圣阁，拿出一条红巾和李林甫打招呼。李林甫看到了皇帝，却没有力气下跪，找了一个人代他向玄宗跪拜。

唐玄宗远远地看到李林甫，满脸病容，身体软弱，不再是当年笑眯眯的、到处寒暄的模样。他知道李林甫是不行了，立刻派人到蜀，把杨国忠召了回来。

杨国忠回到长安，前往相府去拜望李林甫。

李林甫流着眼泪，看着拜在床下的杨国忠道："林甫死矣，公必为相，以后事累公矣。"

杨国忠谢不敢当。走出相府，发现自己已是满头大汗，因为杨国忠一向畏惧李林甫，所以吓出一身冷汗。

据说李林甫的病有一半是被自己吓出来的。因为他作恶多端，心中有数；到了晚年，沉溺于声妓之中，又害怕遭人刺杀，制作了许多重局复壁种种机关；而且，一个晚上搬好几个地方，连家人都不晓得他到底住哪个房间。

也许是疑神疑鬼，过分伤神，到了十一月，李林甫就归天了。

唐玄宗晚年以为天下承平，无复可忧，所以深居禁中，专以声乐女色自娱，把所有政事都交与李林甫。李林甫为迎合上意，杜绝谏官，妒贤嫉能，残害忠良，在任达十九年之久，号称太平宰相。虽然国家表面太平，其实内部已经腐败了，可是唐玄宗一点也不觉悟。

李林甫死了，杨国忠继任为宰相，杨国忠比李林甫还要糟糕。为人轻率、急躁、没有威仪，又喜欢强词夺理，对公卿以下，颐指气使，完全没有礼貌。可以说他的奸险，不在李林甫之下，而才干，却远不及李林甫，而且比李林甫更为心胸狭小，完全容不下有才能者。

杨国忠从御史做到了宰相，一身兼领四十余使，大权在握，不可一世。

当时有人劝陕郡进士张象去拜见杨国忠，并且好言相劝："见之，富贵立可图。"

张象冷笑道："君辈倚重杨右相如泰山一般，吾以为他不过是冰山，若是太阳一出，浮在水面的冰山立刻融化。"于是隐居起来。

杨国忠倚仗着杨贵妃之势，与其姊妹韩国夫人、虢国夫人、秦国夫人的衣食住行，无不力求豪华，以为夸耀。在前面《丽人行》之中，我们曾经详细描述过。

奢靡的生活需要大量金钱供应，于是，贪污成为维持奢靡生活的必要手段。玄宗时代，上自宰相，下至地方官，贪污贿赂风气大为盛行。

杨国忠为要彻底掌握大权，一人兼了四十余使。兼使太多的结果是政务太繁，不克亲理，同时又使得原来主管的官吏失去原有的职权，政治一天比一天腐败。

《南诏图传》中的乌蛮形象，唐王奉宗、张顺绘制，此为宋摹本，日本京都藤井有邻馆。南诏是唐代西南一政权，地域跨云南全境，贵、川、越南、缅甸各一部。

天宝十三年（754 年），唐朝军队在南诏吃了一个大败仗，前后死了二十几万人。然而，杨国忠竟然向唐玄宗报告“大捷”，而唐玄宗还得意洋洋地说：“朕今老矣，朝廷事付之宰相，边境事付之诸将，我还有什么好忧虑的呢？”

杨暄科举舞弊

在上一篇中我们说到，大奸臣李林甫去世以后，杨贵妃的远房堂兄杨国忠继任为相，小人得志，鸡犬升天。杨国忠为了炫耀自己在朝中的地位，有一次宴请亲友之时，突发奇想，制造噱（xué）头。他在席上叫名，叫到名者进中庭，由他当场封官，他不问资格、经历、才能，全凭一时高兴。

譬如说，杨国忠看到一个短短小小的亲朋，不假思索就说道："道州参军。"回过头看见另一个，长着胡子，灵机一动，指着胡子道："湖州文学。"在场的都忍不住哄堂大笑。杨国忠十分得意，觉得自己既幽默又风趣。

在用人轻率的风气下，贵戚子弟乃能仗着势力得位，杨国忠的宝贝儿子更是如此。

唐代宴饮图，陕西长安南里王村唐墓壁画，陕西博物馆藏。

杨国忠的儿子

杨暄（xuān），学业荒陋，去考明经科没有及格，考试官礼部侍郎达奚询知道杨国忠一向不讲理，所以不敢不录取。

达奚询派了儿子达奚抚去向杨国忠报告，杨国忠认为杨暄一定考上了，达奚抚是来报捷的，他捻着胡子，含笑望着达奚抚，等着他开口报喜。不料，达奚抚竟然说："奉大人之命，相君之子试不中，然亦未敢落第也。"

"哼，我的儿子还愁得不到富贵吗？还不是被你们这群鼠辈所出卖了。"杨国忠气呼呼地跳上马背而去。

达奚抚看杨国忠发这么大的脾气，吓坏了，赶紧跑回去禀报父亲："杨国忠挟恃富贵，无法论其曲直。"

达奚询没可奈何，只得把杨暄安排为上第，而杨暄还不满意哩。

杨国忠不但破坏了考试制度，同时又损害任官制度。他为着收服人心，建议吏部以后选任官员，不论贤或不肖，以资深者优先。如此一来，机关中的老人当然高兴，而且拥护杨国忠。事实上，有些资深者固然很有经验有贡献，却也有许多人只是仗着资格老，尸位素餐，占着位置不做事情，还要升他们的官，真是太说不过去。

除了生活奢靡，败坏社会风气之外，杨国忠当上宰相之后，还有一件麻烦事——他驾驭（yù）不住安禄山。

安禄山是营州柳城（辽宁省辽阳县附近）杂种胡人，本无姓氏，名为轧荦（luò）山。他的母亲阿史德氏是突厥的巫师，突厥话中的轧荦山是战斗的意思。

安禄山的父亲很早就死了，母亲改嫁给突厥安延偃（yǎn），他用后父的姓，取名为安禄山。

长大以后，安禄山仗着精通六种番语之便，在边界作互市郎，也就是作翻译的工作，以健壮骁（xiāo）勇而闻名。

当时，张守珪担任幽州节度使，安禄山因为盗羊而被捕。张守珪（guī）把安禄山剥光，准备活活用棒子打死，安禄山吓得大叫道：“大夫不准备灭两番吗？为何要把安禄山这种人才打死？”

张守珪瞄了一眼安禄山，肥肥白白，看起来壮得像一头牛，于是把他给释放了，任命为偏将。

安禄山为人狡猾，诡计多端，所以每次执行任务，都有办法能活捉几十个契丹人而还。张守珪发现这小子还满不错的，干脆收了他当养子。不过，张守珪对安禄山肥胖的身材，总是看不顺眼。安禄山怕挨骂，常常忍着饥饿，不敢饱食，饿得相当难受。

开元二十八年（741 年），安禄山当上了平卢兵马使，因为他嘴巴灵巧，善于巴结人，赢得大家的赞美。而且凡是京城里有人到达平卢，安禄山不但热忱（chén）相待，同时一定送上一份厚礼，亲亲热热把来使送走。

拿了人家的厚利，当然不能不替安禄山多多美言。一个人说安禄山贤能不稀奇，两个人夸安禄山不稀奇，每一个到达平卢的，没有不夸安禄山这才难得。久而久之，唐玄宗对安禄山留下深刻的印象。

不久，御史中丞张利贞被命为河北采访使，到达平卢之后，安禄山又使出浑身解（xiè）数，曲意奉承，招待得无微不至，连跟张利贞同往的左右下人也统统有赏。公共关系做到这种地步，难怪张利贞见到唐玄宗，又把安禄山吹捧到了天上。

因此，在唐玄宗还没有见到安禄山之前，已经对他极有好感。

天宝元年（742 年），安禄山被任命为平卢节度使。在开元时期（713 ~ 741 年）唐朝在边境设立十个节度使，节度使乃节制调度也，也就是指挥的意思。最初节度使全部用的是汉人。虽然唐初有不少番将，却从来没有让胡人独当一面的，安禄山是第一个当节度使的番将。

初唐以来，唐朝将相无文武之别，文人出则为将，入则为相，所谓“出将入相”。例如武则天时代，就用姚崇、狄仁杰等名相专管兵权。玄宗时代张嘉贞、张说等因为担任节度使，有镇守边疆的功劳，入朝担任宰相。

李林甫不希望有一天被派到边疆，更不欢迎边将到朝廷任相，抢他的位置。所以上奏玄宗：“文臣为将，易于怯弱，胡人勇敢善战，陛下若能重用，彼必能为朝廷尽力。”玄宗听了李林甫之言，大胆起用安禄山为节度使。

安禄山跳胡旋舞

在上一篇之中，我们说到，杂胡安禄山，性情巧黠（xiá），担任平卢军使期间，厚赂来往者，在银弹攻势之下，来使回到朝廷以后，无不向唐玄宗夸耀安禄山的贤能。因此唐玄宗接受李林甫的建议，任用安禄山为平卢节度使。

天宝二年（743年）春天，安禄山入长安，拜见唐明皇，当然又少不了带来大批的宝物前来孝敬。安禄山虽然过去远在边境，可是他的好客，他的出手大方，早已名闻遐迩（xiá ěr），因此大家都争着前来观看。

唐玄宗没有见过安禄山之前，已经对他大有好感。相见之下，更是第一眼就喜欢了他，经常予以召见。

安禄山面奏唐玄宗："去年营州闹蝗虫之灾，臣为此焚香祈祷：'臣若是持心不正，事君不忠，愿使虫食臣心，若臣不负神祇，愿使虫散。'说也奇怪，臣祷告完毕，立刻有一群鸟自北方飞来，把蝗虫吃得一干二净，这件事情，希望陛下交付史官记载下来。"

唐玄宗一听，大为高兴，对安禄山的忠贞，万分感动，马上答应了他的要求。

安禄山长得肥肥胖胖，尤其是肚子特别大，大到盖过膝盖，弯下腰来，没法子系鞋带。他常常拍着自己的肚子说有三百斤重。

从外表看来，安禄山是个略带三分傻气的胖子，性情开朗，易与人接近。他还会跳一种胡旋舞，跳起来旋转如风，十分有趣，逗得

盛唐胡旋舞石刻，原刻于宁夏盐池苏步乡唐墓墓门。两个胡旋舞者，头戴圆帽，着圆领窄袖紧身长袍，脚穿软靴，单足立于小圆毯上，一腿腾起，旋转灵动，翩翩起舞。

人们哈哈大笑。唐玄宗最喜欢看安禄山跳舞助兴，只要有安禄山在的场合，总是一团热闹。

安禄山这次入朝，赢得了皇帝的喜爱。从此之后，他经常在边境与长安之间往返。当他人不在长安时，派了将领刘骆谷留在京师，朝廷中一切动静，安禄山了若指掌。同时，刘骆谷也是他派在京师的公共关系主任，专门为他打点上下，建立关系。

此外，安禄山是靠着送礼爬到高位的。他发现人都有贪便宜的心理，连皇帝也不例外。于是，大批大批的俘虏、杂蓄、奇禽、异兽、珍珠、玩物，不断地送到长安城中，可以说他一年到头都在为送礼而忙碌。

在红包的诱惑下，安禄山除了担任平卢节度使外，又在天宝三年（744 年）担任范阳节度使，十年（751 年），再兼河东节度使，势力一天比一天大。

安禄山虽然目不识丁，却有许多鬼才。在唐玄宗之前，应对敏捷，又专拣好听的话奉承，还喜欢开玩笑，杂以诙谐，把唐玄宗伺候得笑口常开。

有一次，唐玄宗指着安禄山的大肚皮笑着问：“你这个胡腹之中装了什么？大成这个规模？”

安禄山用手拍拍比孕妇还大的肚皮，一本正经地回答：“里面什么都没有，只有对皇帝的一颗忠心。”这个马屁拍得真好，唐玄宗一开心，拉着安禄山去见太子，左右的人见到太子，自然而然地下拜。安禄山挺着大肚皮，一动也不动，大家都在想，安禄山这下要惨了。

安禄山拱拱手道：“臣乃胡人，不习朝仪，不知太子是什么官？”

“太子就是国家的储君，朕千秋万世归天以后，他就代替朕为天子。”唐玄宗和婉地解释着。

“嗯，原来是这样。”安禄山说，“臣愚蠢，向来心中只知陛下一人，不知乃更有储君。”

这番话更叫唐玄宗心花怒放。按古代皇帝为至高无上的权威，最怕有人夺他的皇位。所以父子之间不甚和睦，父亲杀掉儿子，或是儿

唐三彩胡人骆驼载乐俑，唐墓出土。

子干掉父亲是常有的事。总之，宫廷之中父子之情，绝对比不上民间父子。

安禄山岂会真不知道什么是太子？不过是故意借机会表示自己是忠心耿耿罢了。

然后，安禄山万分不得已地对太子拜了一拜。唐玄宗看在眼里，频频点头。

在皇宫之中，臣子一举一动，必然是合乎中节，十分严肃。久而久之，做皇帝的对这种严肃的空气感到烦闷。安禄山比较随便，会讲笑话，把唐玄宗逗得乐不可支，愈发觉得这个胖子是可人儿。

为着欢迎安禄山远道而来，唐玄宗在勤政楼摆下盛宴。百官都坐在楼下，只有安禄山单独坐在御座东边. 表示他特别受到恩宠。

唐玄宗不但自己宠爱安禄山，还把安禄山介绍给杨贵妃家中的兄弟姊妹，杨铦（xiān）、杨锜（qí）以及韩国夫人、秦国夫人、虢国夫人等。并且与他们互认兄妹，使得安禄山得以出入宫中。后来，杨贵妃干脆收了他做义子。

唐明皇与杨贵妃并坐在一块，安禄山见了，先拜贵妃。唐玄宗看着奇怪，忙问为什么。

安禄山回答："胡人先母后父。"

唐明皇不料有此一答，忍不住哈哈大笑。原来，安禄山是胡人，开化未久。凡是比较原始的社会，都是母系社会，母亲在家族之中具有崇高之地位。然而中原汉人早已是父系社会，唐玄宗早已习惯男尊女卑的习惯，安禄山忽然来此一招，使得他为之开怀。

总而言之，安禄山做人周到，擅长逢迎，赢得了唐玄宗的信任。

安禄山过生日

安禄山会送礼，又懂得拍马屁，很得唐玄宗的宠信。天宝十年（751 年），唐玄宗下令为安禄山在京师建造府第，并特别指示，不限财力，尽量求其壮丽。房子造好了，房内的装潢也是第一流的，连厨房里的用具，都是金银打造，有金饭缶、银淘盆，其他沥米的、取食的，也无不是金光闪闪，连皇宫之中的用品也没有如此考究。

唐明皇不放心，还特别派了宫中的太监去监工，再三告诫："胡眼大，勿使笑我。"意思是说，胡人的眼光大，普普通通的东西看不上眼，如果不能拿出最好的东西给他，会让他笑话。

房子造好了，装潢也妥当了，安禄山搬入新宅，请宰相入府吃酒。当日，唐玄宗正在楼下击球，立刻停下来，命宰相赴宴，凡是好吃的、好玩的，唐玄宗都马上派人送去给安禄山。

过了几天，刚好安禄山生日，唐玄宗、杨贵妃颁赐了大量衣服宝器。三天之后，杨贵妃把安禄山召入内宫，用锦绣把义子安禄山包裹成一个襁褓（qiǎng bǎo）。然后命宫人把这个特大号的婴儿抬在轿子中四处巡游，宫女们吃吃地笑着，大家闹成一团。

唐明皇听到后宫一片嬉笑声，赶去一看，左右回答："贵妃在三日洗儿。"三日洗儿，是唐代风俗，小孩生下三天之后，放在澡盆之中，亲朋好友把钱散在盆中，称之为添盆。

唐玄宗听了，不但不认为是胡闹，反而喜滋滋赶去，赐给安

玄宗和安禄山对坐宴饮，选自明刊本《帝鉴图说》。

禄山这个大宝贝洗儿金银钱。安禄山也装成个娃娃，逗着大伙笑得东倒西歪，揉着肚子喊疼。

从此之后，安禄山可以公然出入宫掖，连杨贵妃都与安禄山十分要好。某些史家认为史书上记载的不可靠，大美人杨贵妃怎么会喜欢大胖子安禄山呢？这未免是书生之见，有人喜欢瘦，也有人对胖有兴趣，何况唐朝人崇尚肥胖，杨贵妃也是丰满型的美女，所以她对安禄山有好感，没有什么奇怪。

安禄山善知人意，善揣人情，到处都吃得开。只有一个人，安禄山十分畏惧，那就是口蜜腹剑的李林甫。

安禄山本来对李林甫也是一派傲慢。李林甫不动声色，装着有事把王鉷（kòu）大夫召来。王鉷见到李林甫，诚惶诚恐，似乎十分害怕的样子。王鉷是朝廷的红人，有权有势，安禄山早有所闻，可是王鉷对李林甫竟然像老鼠遇到猫一样，这让安禄山不觉对李林甫另眼相看。

接着，安禄山发现李林甫确实是高人一等的老狐狸，不论安禄山葫芦里卖的什么药，李林甫总能一语道破，猜出安禄山真正的意思。安禄山貌似忠厚，装疯卖傻，连皇上都被瞒了过去，只有李林甫让安禄山又害怕又佩服。

此后，安禄山变得很怕见李林甫，只要与李林甫谈一次话，即使是隆冬之中，也吓得衣服都湿透了。李林甫看穿安禄山的恐惧，堆着满脸笑容，把他带入大厅，把自己的袍子解下来，披在安禄山身上。安禄山十分感激，呼李林甫为十郎（李林甫排行第十）。

当安禄山回到范阳节度使任上，每次手下刘骆谷从长安来，安禄山一定要问李林甫说他什么。万一李林甫有美言好话，安禄山就高兴得什么似的。如果李林甫只说："告诉安大夫，要加强检点一些。"安禄山就反手抵在床上，捂着胸口说："完了！完了！"

安禄山一人身兼平卢、范阳、河东三节度使，日益骄恣（zì）；他是骑马带兵打仗的，见唐玄宗年岁已老，又见中原武备堕弛，颇有看轻中国之意。

在开元天宝年间，虽然对外时有战争，但国内是太平无事，一般老百姓因为太平日子过久了，不知战事。猛将精兵都安置在西北边境，国内没有什么武备。同时，当时人心厌战，从李白、杜甫的诗中，可见厌战心理十分严重。

问题是，战争虽然不是一件好事，但是，你不要打，别人要打，只是把头埋在沙堆之中逃避现实是很危险的，当时的唐朝正是这种情形。

此外，在天宝末年还有两个问题十分严重，一是"内重外轻"，一是"重文轻武"。

内重外轻指的是玄宗朝的官吏希望留在京师，不愿意调到州县，更不愿意调到边疆，使得地方及边境异常空虚。

重文轻武的观念在睿宗时代已存在，到了唐玄宗朝，更成为风气。大家都以能作诗作赋为高，子弟若是担任武官，父兄都以为不齿，在这种情况之下，武备日渐废弛。

同时，孔目官严庄、掌书记高尚等人又在怂恿安禄山，说他有皇帝相，安禄山遂有并吞天下的野心。他在范阳北筑雄武城，聚兵积谷，养了同罗、奚、契丹降人八千为壮士，又蓄战马数万匹，更遣商人至诸道，贩卖珍货，每岁输入数百万，他有钱、有人、有战斗力，威势一天比一天强。

由于李林甫的狡猾更在安禄山之上，所以安禄山虽然有野心，仍然谨守本分。但是天宝十一年（752 年），口蜜腹剑的李林甫去世了，杨国忠继任为相，情况又如何？

唐玄宗放虎归山

胡将安禄山眼见唐玄宗年纪已老，中央武备废弛，对朝廷有轻视之心，有意起兵造反。可是宰相李林甫的狡猾超过安禄山，安禄山最怕李林甫，所以不敢蠢动。李林甫去世之后，杨国忠继任为相。杨国忠的精干比不上李林甫，安禄山打心眼里瞧不起杨国忠。杨国忠素来骄傲，见安禄山看他不起，气得牙痒痒的。

由于两人有隙，杨国忠就常常在唐玄宗面前讲安禄山的坏话，说他会造反。唐玄宗对安禄山这个胖子非常宠爱，没当一回事。

杨国忠为了要对付安禄山，极力拉拢突厥将领哥舒翰（hàn），因为哥舒翰与安禄山是仇人。这些消息都由安禄山派在京师的人员把情报传了过去，安禄山甚为不开心。

虽然唐玄宗不理会杨国忠的挑拨，可是杨国忠不死心，依然说个不停，并且再三断言："陛下若是不信，可以召他来京师，他一定不敢来。"

"好，即传安禄山到长安。"于是，唐玄宗下令召安禄山入朝。

结果杨国忠猜错了，安禄山一接到诏令，立刻在天宝十三年（754年）赶到了长安，前往华清宫晋见皇帝。

安禄山哭着对玄宗道："臣本胡人，承蒙陛下宠爱拔擢（zhuó），才有今天的地位，却也因此被杨国忠所嫉恨，臣死无日矣。"说着，眼泪不断地往下掉。

唐玄宗看安禄山哭得如此伤心，大为不忍，觉得自己竟然怀疑

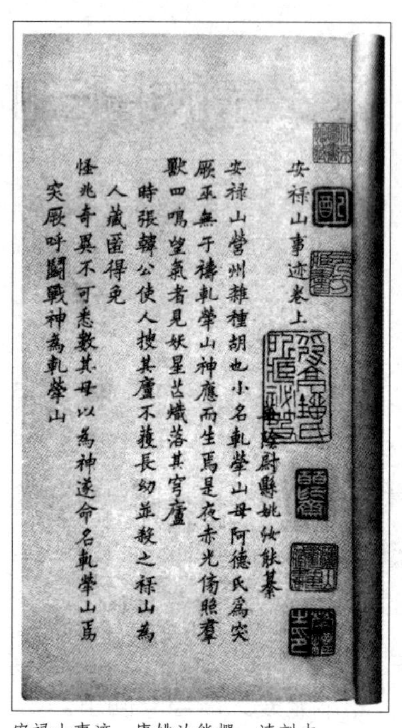
安祿山事迹卷上
陰尉縣姚汝能纂
安祿山營州雜種胡也小名軋犖山母阿德氏爲突
厥巫無子禱軋犖山神應而生焉是夜赤光傍照羣
獸四鳴望氣者見妖星芒熾落其穹廬
時張韓公使人搜其廬不獲長幼並殺之祿山爲
人藏匿得免
怪兆奇異不可悉數其母以爲神遂命名軋犖山焉
突厥呼鬭戰神爲軋犖山

安禄山事迹，唐姚汝能撰，清刻本。

这么一个忠心耿耿的臣子，实在太不应该。特别赏赐巨万，表示爱怜之意。

狡猾的安禄山见此光景，立刻提出要求——他以讨伐奚、契丹为名，请求朝廷准许他不拘常格，提拔将士，写好告身（告身是封官之册书，类似今天的任命状），让他带回去。唐玄宗正因为“对不起”安禄山而难过，马上答应他的要求，如此一来，安禄山得以授将军五百余人，中郎将二千余人。

在京师里住了三个月，安禄山要回范阳节度使任上了。临行之前，唐玄宗特别解下御衣，披在他身上，安禄山又惊又喜地收下了。

拜别了玄宗，安禄山立刻出关，他很担心杨国忠又在玄宗面前讲了什么而把他留下。他昼夜兼行，日行百里，经过郡县，也不下船。人人都看得出此次放虎归山，安禄山必反，却也没人敢报告给唐玄宗。

到了第二年，天宝十四年（755 年）二月，安禄山的副将何千年入奏，要求把三十二名汉人将领改用番将代替。大臣韦见素上奏玄宗：“禄山已有造反迹象，所请不可许。”

唐玄宗经过上次事件，对安禄山更加信任，现在听到有人又在诋毁安禄山，十分生气，没有理会韦见素。

但是因为大家都说安禄山不可靠，唐玄宗决定再做一个小小的试探，他派遣宦官辅谬（miù）琳携带大批珍果去慰劳安禄山，顺便探探虚实。聪明的安禄山当然知道来者不善，好好地对辅谬琳下了一番功夫。辅谬琳接受了安禄山的厚赂，回来之后，拼命为他说话："禄山竭忠奉国，无有二心。"

唐玄宗听着相当满意，笑嘻嘻地对杨国忠道："朕对安禄山推心置腹，他必无异志，东北契丹与奚都要靠他镇遏（è）。朕可以担保安禄山没有问题，这件事就不必再提了。"

于是安禄山有意谋反这件事，也就暂时停止讨论。

自从安禄山回到范阳，态度作了一百八十度的转变，朝廷每次遣使前来，安禄山总是推托生病，不肯出迎。有一位使者裴士淹到范阳，足足等了二十多天，才见到安禄山。而且安禄山一派傲慢，没有一点儿人臣之礼。

杨国忠接到消息，大为兴奋，立刻派人包围安禄山在京师的宅第。他处心积虑想要激使安禄山早日造反，一方面是拔除眼中钉，一方面希望在玄宗面前露上一手，表示自己有先见之明。

紧接着，杨国忠逮捕了安禄山留在京师的人马李超等，送入御史台，没有经过审判暗中就给杀了。安禄山儿子安庆宗娶了荣仪郡主，以太仆卿的身份在京师当差，马上密报安禄山。

安禄山一听大为恐慌，他本来念在唐玄宗待己不薄，准备等待玄宗归天以后再造反，如今情势所迫，逼得他不得不早日动手了。

天宝十四年（755 年）六月里，唐玄宗为儿子完婚，发出诏书邀请安禄山前来观礼，安禄山又称病没有前来。

到了七月，安禄山忽然上表献马三千匹，每匹马派两名马童相随，遣番将二十二人带队。

河南尹达奚询认为其中有蹊跷，上奏请示："禄山进献马匹通常应该等到冬天，现在才七月，而且何必他自带马童，本军自有马童可用。"

唐玄宗看了奏章，也觉得安禄山这一招有些奇怪，心中渐渐对他也起了一些疑心。

刚好，上次玄宗派宦官辅谬琳去侦查安禄山接受贿赂之事被告发，由此可证明辅谬琳所说安禄山忠心耿耿是谎言。于是，唐玄宗开始有点儿坐立不安。

安史之乱

天宝十四年（755 年），安禄山突然没来由地要献马，还要自备马童，一向信任安禄山的唐玄宗开始起了疑心。同时，安禄山贿赂宦官辅谬琳之事又东窗事发，使得唐玄宗有些儿不安。

于是，唐玄宗再派中使冯神威带着诏书去见安禄山，并且告诉安禄山："朕新为卿造一温泉池，在十月间，朕于华清宫待卿。"

安禄山挺胸凸肚坐在床上欠身微起，用不耐烦的口气道："马不献也可以，我十月里必然会去京师。"然后，命令左右安排冯神威住在馆舍中，不予理会。又过了几天，派人告诉冯神威："你可以走了。"

记得以前唐朝有使者前来，安禄山巴结逢迎到了极点，临走之时，还要塞上许多"小意思"贿赂一下，希望使者回去之后多多美言。而此番冯神威前来，看到安禄山冰冷的面孔，住在馆舍里，一颗心七上八下，日夜不安。

如今，听说可以回去了，冯神威飞也似的赶回京师。见到了唐玄宗，上气不接下气道："臣几乎不得再见皇上了。"两行热泪滚滚而下，他早已吓得魂不附体了。

本来，安禄山早有谋反的阴谋，而且计划了十年之久。因为唐玄宗待他不薄，准备等唐玄宗归天以后再下手。然而杨国忠与他不合，一天到晚在玄宗面前打小报告，说安禄山要造反，希望激起安禄山愤怒，及早起兵。现在，很明显的，唐玄宗已疑云大起。逼得安禄山不得不及早下手。

天宝十四年（755 年）八月之后，安禄山开始屡次犒（kào）赏三军，经常打牙祭，他的目的是收买人心。不久，安禄山伪造了一份皇帝的敕书，对将领们颁布："我接到皇上的密旨，令禄山带兵入朝，讨伐杨国忠。"大家都愕然相顾，没有人相信安禄山的话，却也没有人敢有异言。

在十一月间，安禄山以讨伐杨国忠为名，率十五万大军，在范阳起兵，引兵向南。他步骑精锐，烟尘千里，一路鼓噪而来，这正是白居易《长恨歌》中的"渔阳鼙（pí）鼓动地来"。渔阳，在今天津市蓟县一带，鼙鼓即为战鼓之意。

唐朝自开国之后，天下太平已久，老百姓累代不知兵事，不识兵革，突然听说范阳兵起，远近震骇。安禄山所经过的州县，望风瓦解，守令或者开门出迎，或者弃城窜匿，或者为敌人所俘虏，很少敢与之相抗者。

唐玄宗以为海内无事，一般人民也认为可以高枕无忧，安享太平，不料就出了大乱子。任何时代，如果毫无忧患意识，都是一件危险的事。

言归正传，话说安禄山造反的消息传到了长安，杨国忠可乐坏了。他洋洋得意禀报唐玄宗道："今反者独禄山一人，将士皆不欲也，不过十日，必传他的首级到京师。"唐玄宗听了很高兴，大臣们都相顾失色。

杨国忠光会讲大话，安禄山的军队一口气打下了洛阳，因为潼关守有重兵，一时难破。遂在天宝十五年（756 年），在洛阳称帝，国号为燕，改元圣武，自己当起皇帝来了。

六月间，安禄山攻下了潼关，唐玄宗仓皇之中逃难前往四川。在半途之中，军士们又饥饿又愤怒，发生了马嵬（wéi）驿兵变（关于马嵬驿兵变的故事将在后面说明）。

唐明皇幸蜀图，唐李昭道绘（传），中国台北故宫博物院藏。图中所绘，为唐玄宗李隆基为避安史之乱，行于蜀中的情景。

马嵬驿事变之后，唐玄宗继续西行，地方父老遮道不肯让行，都说："宫阙为陛下家居，陵寝是陛下坟墓，今舍此欲何往？"坚持不肯放行。

唐玄宗没有办法，拉着马辔（pèi）许久许久，决定把太子李亨留在马后，宣慰父老。

父老又说："至尊（天子）既不肯留下，我等愿意率领子弟，从太子殿下东征破贼，取回长安。若是殿下与皇上皆入蜀，还有谁肯为中原百姓之主？"

于是，唐玄宗前往蜀逃难，太子李亨带领一部分人马，到了灵武，在灵武即位，是为唐肃宗，改元至德元年，一方面遣使上表，尊唐玄宗为太上皇。

安禄山自从开入了长安城，展开一场大规模的屠杀与劫掠。他自起兵之后，也许是身躯肥胖，血压太高，眼睛渐渐看不见，身上又长疮，于洛阳称帝之后，便留在洛阳。当年他在长安，看到唐玄宗所享受的乐工、舞女、梨园子弟、舞马、大象，一股脑儿自长安搬到洛阳供他享用。

安禄山本来脾气就坏，因为身体不舒服，愈发暴躁，少不如意，动加箠挞（chuí tà），其中以阉臣李猪儿被打得最凶。李猪儿原本是安禄山最宠爱的人，从十岁开始伺候安禄山。安禄山到了晚年，肚皮愈来愈大，每次穿衣带，都要三四个人帮忙把肚皮抬起，然后，取裙裤系腰带都是李猪儿的事。

安禄山有意把长子安庆绪废去，安庆绪害怕之下与李猪儿合谋将安禄山一刀毙命，正中安禄山的大腹。因为安庆绪昏庸无能，手下史思明不服，把安庆绪杀了，乾元二年（759年）在范阳自称为大燕皇帝，改元顺天，最后史思明也被儿子史朝义所杀。唐将郭子仪、李光弼（bì）向回纥（hé）借兵，将乱事平定。安（安禄山）史（史思明）之乱共八年结束，唐朝元气大伤。

哥舒翰守潼关

在上篇之中，我们大概介绍了安史之乱的来龙去脉。

事实上，在安禄山起兵之初，虽然他占领了洛阳，不可一世，却也受到唐朝大将郭子仪、李光弼（bì）等的反攻。通往幽州的后路被切断了，前方又受阻于潼关。安禄山曾一度想放弃洛阳，先回范阳老家再说。

当时守潼关的大将是哥舒翰，哥舒翰是个胡将，很会打仗，是安禄山的死对头。杨国忠为了气安禄山，在天宝十二年（753 年），封他为凉国公，加河西节度使。

到了天宝十三年（754 年），拜太子太保，又兼御史大夫。可是哥舒翰贪杯好酒，又恣（zì）情声色，有一天在浴室之内中风，成为半身不遂，以病废河西休养。

安史乱起，唐玄宗召哥舒翰为兵马副元帅，讨伐安禄山。哥舒翰半身不遂怎能打仗？再三固辞，可是唐玄宗不许，只好扶病前往。

哥舒翰到了潼关，决定先采取守势，他分析道："禄山久习用兵，必然不会无备，贼兵远来，希望速战。王师自在其地，利在坚守，不可轻易出关。"他的守关政策使得安禄山进退维谷，十分为难。

可是，正在此千钧一发之际，有人对杨国忠说："朝廷重兵，均在哥舒翰之手，一旦哥舒翰回师，对公岂不危险？"

杨国忠一向把自己的官、禄看成天地间第一等大事。一听之下，马上上报玄宗，命哥舒翰立刻出潼关，收复陕、洛。哥舒翰具奏，说明禄山兵盛，不可轻图。杨国忠就怪哥舒翰坐失良机，不安好心。

哥舒翰如果再不出兵，等于承认自己与安禄山一般，怀有企图。何况唐玄宗不断派中使宦官前来，命令立刻引师出关。

于是哥舒翰出关，与安禄山军队大战。一交手之下，兵败如山倒，有的弃甲逃窜，更有许多相挤坠河而死。最后，哥舒翰向安禄山投降，被解送到洛阳。

安禄山见到哥舒翰，十分得意，问道："你以前常轻视我，今天又如何呢？"哥舒翰立刻趴在地上讨饶："臣肉眼不识圣人。"安禄山大喜，不过，最后还是把哥舒翰杀了。

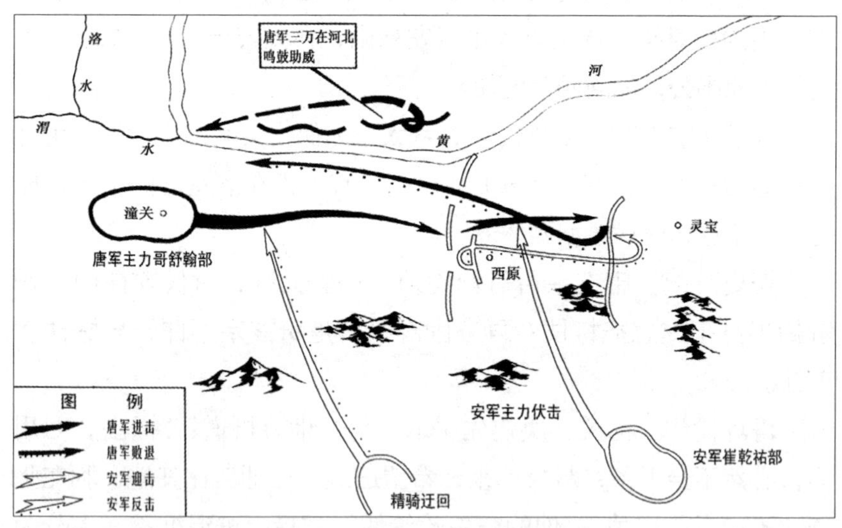

灵宝战役示意图。天宝十五年（756年）六月，唐玄宗强令潼关守将哥舒翰向敌攻击。哥舒翰力争未果，不得已领兵出关东进。初七，唐军前锋进至灵宝西南之西原。此处南面靠山，北临黄河，中间是狭长隘路。叛军首领崔乾祐以大兵伏山后，以散乱兵阵布于唐军阵前。唐军见有机可乘，除分兵三万于黄河北岸击鼓助攻外，其余十五万主力悉数攻击前进。当行至隘路，安军伏兵尽出，猛烈攻击，唐师大败，仅八千余人返回潼关。次日，叛军攻陷潼关。

潼关失守，于是河东、华阴的防御使都先后弃郡远逃。消息传到长安，唐玄宗忧惧万分，召杨国忠共谋对策。

杨国忠召集百官于朝堂，流着眼泪问大家有何良策。情势到这种地步还有何话可说，而且，若不是杨国忠执意要哥舒翰开关，也许情况有所不同。所以，百官们都垂着头，不敢开口，就是被点名问到了，也只有唯唯以对。

杨国忠幽幽地说："人言安禄山必反已十年，皇上不信，今天的事，非宰相我之过也。"

眼看安禄山就要追杀到京师来了，杨国忠建议玄宗逃到蜀（四川）去。因为四川是杨国忠的第二故乡，他又身兼剑南节度使，所以主张玄宗幸蜀。

此时，长安城内的老百姓，自相惊扰，东奔西走，不知所措。街市一片萧条，生意人把招牌也取下来了。杨国忠要韩国夫人、虢国夫人去劝玄宗，再不快逃，安禄山即将入城了。

可是，大敌当前，做皇帝的首先开溜，似乎说不过去，于是玄宗下诏伪称御驾亲征安禄山。话是说得漂亮，却没有一个人相信。

当天晚上，唐玄宗命令龙武大将军陈玄礼整编六军，厚赐金帛，挑选上好的马匹九百余匹，悄悄准备逃难，外人都不知道。

到了黎明之时，唐玄宗独自与杨贵妃姊妹、皇子、妃嫔、公主、皇孙、杨国忠、韦见素、陈玄礼及少数亲近的宦官、宫人，离开了延秋门。在此之外的妃、王、王孙都弃之不顾了。

一行人走过左藏库，杨国忠请求焚毁，以免落入贼兵之手。唐玄宗愀然道："贼来之后，必然赋敛百姓，不如把这些留给他们，免得百姓更加遭殃。"可见得，唐玄宗对于自己晚年昏庸，使百姓流离，心中不无后悔。

到了第二天早上，百官来朝，到了宫门之外，还听到击更报时的漏声，门口的守卫也还是站得笔挺的，一如往常。可是，宫门一开之后，就看到皇宫中的宫人着急乱走，内外扰攘，不晓得皇帝跑到哪儿去了。等到发现玄宗出奔之后，所有王公士民，四出逃窜，好像锅中的滚油炸开一般。

一些个小流氓，乘机出入宫禁与王公第舍，盗取珠宝。还有人骑着驴子上殿，焚烧左藏大盈库。昨天还是警卫森严、不可一世的天子殿阁，今日已成为人人可践踏的马场。

新任的京兆尹崔光远见他们闹得太不像话，一方面派人救火，一方面动手捉人，一口气杀了十几个顽劣刁民，情况才稍稍稳定下来。同时，崔光远派了他的儿子到洛阳去见安禄山，请他早日到长安接收。

于是，安禄山得以不费一兵一卒，轻易地占领了长安，大肆收捕百官、宦官、宫女送到洛阳。

马嵬驿的悲剧

安禄山攻下洛阳以后，打不进潼关，进退两难。可是杨国忠担心潼关守将哥舒翰势力太大，硬逼着哥舒翰放弃以逸待劳的守势，开关迎战。结果，哥舒翰兵败被俘。唐玄宗仓皇之间，从长安宫中逃亡而出，仅率领宰相韦见素、杨国忠与杨贵妃一家姊妹及太子等少数人，由禁卫军保护前进。

唐玄宗等一行人，在早上八点钟左右，来到了咸阳望贤宫。从黎明出奔走到现在，已经两腿发麻，饥肠辘辘。原指望到了咸阳，可以饱食一顿歇歇脚，不料咸阳附近各县县令都逃走了。一路上半点儿吃的东西都没有，唐玄宗派中使召地方官，也没有任何官吏前来。

一直到了中午，玄宗还是饿着肚子，杨国忠在街上买来一些胡饼（杂粮做的饼）呈献。老百姓听说皇帝驾到，也争着献食物。不过，兵荒马乱之际，没有什么吃的，不过是粝（lì）饭，中间拌着几颗麦豆。

这些养在深宫中的皇子、皇孙，几时吃过这么粗劣的食物？但是逃难在外，有东西吃就不错了。用手抓了捧着就食，一会儿就抢得干干净净，却还没有填饱肚子。

唐玄宗看到这光景，难过得眼泪都掉下来了，频频用袖子拭泪。此时，有一个叫郭从谨的老人站了出来，对玄宗说：“禄山包藏祸心，固非一日，也有人前来报告陛下，陛下往往诛之，使得禄山有机会逞其奸逆。臣记得以前宋璟为相时，数度进直言，天下赖以太平。如今在朝之臣只知阿谀谄媚，以求容身。我这个草野之人，早知道会有这么一天的，可是九重（指天子所居之地）严邃，区区之心，无路上达。若不是皇帝今天到达这儿，臣怎可能见陛下之面，说这些话呢？”

唐玄宗被这个老人教训了一顿，心里头很惭愧。低下头，小声道：“此朕之不明，后悔也来不及了。”

稍做停留之后，唐玄宗等又急着赶路，半夜之时，才赶到金城。金城地方不但县令逃了，县民也跑光了。还好，饮食器皿还在，士兵们自己动手，胡乱做了些东西果腹，当天晚上，大伙儿就在金城过夜。驿中找不着蜡烛，只有黑漆漆地躺在一块了，此时，也顾不得什么贵贱之别了。

第二天，玄宗等一行来到了马嵬（wéi）驿（今陕西省兴平县马嵬镇），六军将士，又饥饿又疲倦，而且满肚子的怒火无处消。其中有一个叫陈玄礼的龙武大将军扬言，此祸由杨国忠而起，非杀杨国忠不可。

伺候太子的宦官李辅国刚把这个消息禀报了太子，正好有二十多个吐蕃使者拦住杨国忠的马，吵着要饭吃。杨国忠满脸不耐烦，还没有开口，军士就呼喊：“国忠与胡虏谋反。”鼓噪之下，有人拿起箭就对杨国忠射来，射中马鞍。

杨国忠吓得掉转马头往回走，军士们哪这么容易放过他，一拥而上。不但把他用乱箭射死，而且还把他的肢体一块一块地切割下来。但是，这还不足以平息众人的怒火，他们用枪把杨国忠的脑袋挑了起来，挂在马嵬驿的门外。

杀了杨国忠之后，军士们顺便把杨国忠那不学无术的宝贝儿子杨暄以及秦国夫人、韩国夫人都给杀了。

唐玄宗正在驿站内休息，不知道为什么一片喧哗之声，拄着拐杖出来一看，正好看到杨国忠的一颗脑袋迎风招展，大吃一惊。他慰劳军士，要求队伍回营。可是军士们不理，仍然手拿着武器，眼露着凶光。唐玄宗很生气，要宦官高力士去问他们是什么意思。

带头杀杨国忠的陈玄礼应声道：“国忠谋反，贵妃不宜供奉，愿陛下割舍恩爱，正之于法。”

原来军士们要杨贵妃死，唐玄宗做梦也料不到此。他拄着拐杖，不发一言，觉得身子有点儿支持不住，喃喃地说：“这件事，朕自会处置。”

京兆司韦谔（è）上前道：“今众怒难犯，安危在顷刻之间，愿陛下速决。”说着，叩头流血。

唐玄宗思索了半天才说：“贵妃常居深宫，安知国忠谋反。”可是军士们认为，唐玄宗如果不是迷恋杨贵妃，不会荒废国事；杨国忠如果不是靠着杨贵妃的裙带关系，又怎么能平步青云。所以，非要杨贵妃一死以谢国人不可。

高力士说：“贵妃诚无罪，然而将士已杀国忠，焉能自安，愿陛下审思之。”势已至此，

杨贵妃，清康涛绘，天津艺术博物馆藏。

玄宗只有命高力士引贵妃入佛堂缢杀之，然后停尸于驿庭，军士们才息怒。唐朝大诗人白居易在《长恨歌》中形容这一段：“九重城阙烟尘生，千乘万骑西南行；翠华摇摇行复止，西出都门百余里，六军不发无奈何，宛转蛾眉马前死；花钿（diàn）委地无人收，翠翘金雀玉搔头，君王掩面救不得，回看血泪相和流。”意思是说：安禄山造反，把九重高的城阙，也扰乱得烟尘四起，唐玄宗带着成千上万的人马向西南逃难；驾前御用的翠华旗在路上飘摇一阵后，突然停止，在离开京城百余里附近的马嵬坡六军不肯前进了，非要赐死杨贵妃以谢天下；杨贵妃只有哭哭啼啼，紧锁蛾眉，在马前被勒死。她头上所插的花钿，抛弃了一地，没有人为她收拾，翠翘金雀等名贵的首饰也撒了一地，唐玄宗掩着衣袖，不忍见贵妃惨死，又无法相救，待再回首，眼中血泪交流。

白居易的《长恨歌》缠绵悱恻，千古传诵。唐玄宗若不是晚年过于荒淫，政治腐败，又怎会有马嵬驿的悲剧？

张巡死守国土

文天祥的《正气歌》是不朽的一篇文章，《正气歌》中有两句“为张睢（suī）阳齿，为颜常山舌”，与安史之乱有关……

张巡，邓州南阳人。博览群书，通晓军事，重义气，尚气节，朋友有危窘之时前来求救，张巡必然倾财抚恤之。

在唐玄宗开元末年，张巡中了进士，以通事舍人出为清河令，政绩很好。当时杨国忠当权，炙手可热，有人劝张巡走杨国忠的门路，他不肯，于是被调为真源令。

真源在今天的河南鹿邑县，不是个好地方，当地土豪劣绅特别多，尤其是一个叫华南金的恶势力最大。邻里的人都受过华南金的欺负，因此真源地方流行一首歌谣：“南金口，明府手。”

张巡到任之后，第一件事就把华南金这个恶棍给杀了。真源地方的土豪劣绅看到新来县令这么厉害，也就不敢放肆，于是风气为之一变，歹徒改行迁善。

天宝十五年（756年）正月，安禄山起兵造反，谯（qiáo）郡太守杨万石投降了安禄山，也要逼着属下真源令张巡为长史，向安禄山投降。

张巡天生忠肝义胆，他不肯向贼人称臣，率领了县民到黄帝庙中痛哭流涕，宣誓死守国土，起兵讨贼。

此时，真源隔壁的雍丘县，已被杨万石献给安禄山，雍丘县县令令狐潮也一块投降了。张巡带着数千民兵气势汹汹前往收复失地。

张巡对大家说："贼兵精锐，十分轻视我们，现在我等出其不意，一举击之，贼必惊溃。"果然，张巡派一千人分数队攻城，直冲敌阵，贼人措手不及，糊里糊涂被张巡攻退。

第二天，贼人不甘心，一大早就来攻城，把雍丘团团围住，而且架设了梯子往城门上爬。张巡命令军士们把一捆一捆的稻草浇了油，用火点燃，从城上往下头扔，贼兵上不去，只有暂缓进攻。

如此一共过了两个多月，双方激战三百多回，贼兵还是没有把城攻下。在这六十多天当中，军士们随时随地都戴着笨重的铠甲，负伤上阵。安禄山的军队败逃，张巡乘胜追击，虏获胡兵两千多人，军声大振。

到了第二年，雍丘原来的县令令（líng）狐潮又带领贼兵前来攻城。令狐潮过去与张巡有旧谊，他策马于护城河畔站在城下，与城门上的张巡和平常一般的话旧。

令狐潮仰着头对张巡说："天下事大势已去，足下坚守危城，到底是为什么？还不如跟着我去追求富贵。"

张巡嗤之以鼻道："足下平生以忠义自许，你今天的作为，忠义何在？"令狐潮想起以前两人互誓为国效忠的情景，自觉丢人，勒转马头，飞奔回营。

既然劝不动张巡，令狐潮只有再用兵，在雍丘城外又攻了四十多天，依然攻不进去。

这时，唐玄宗出奔西蜀的消息传来，令狐潮又写了一封信给张巡，劝他早日投降。张巡手下有六员大将沉不住气了，想想连皇帝都逃了，还打什么仗呢？向张巡建议道："兵势不敌，而且皇上存亡不可知，不如降贼。"

张巡表面上答应了，第二天在堂上设立一个天子的画像，率领将士们对着画像朝谒（yè），许多人想到国仇家恨，忍不住哭了起来。张巡把主张投降的六名将领叫了过来，责以大义，痛骂他等之不忠，然后当场立斩，此后军中再也没有主降的论调了。

士气尽管旺盛，可是城里面没有箭了。张巡效法诸葛亮借箭的方法，扎了一千多个草人，披上黑衣服，在半夜徐徐用绳子放下。令狐潮的兵发现了，立刻挽弓射箭，等到发现是草人，已经白白送了张巡数十万枝箭，后悔不已。

这天夜里，快天明了，张巡又垂了一些身着黑衣的人下来。令狐潮的手下都在彼此笑话："我们可不再上当啦！"岂料这一回放下的不是稻草人，是真人。贼人没有料到假人会走路，还会袭营哩。这五百名敢死队冲入令狐潮阵中又杀又砍，潮军大乱，吓得把营地烧掉，夹着尾巴逃窜。

令狐潮一连中计两次，十分恼火，又调派了军队前来猛攻。张巡派了手下大将雷万春在城上与令狐潮答话，贼兵用弩箭射之，雷万春脸上一连中了六箭还一动也不动，令狐潮生气地说："这八成又是一个木制的假人。"

次日，令狐潮派人去打听，才知道昨天确实是雷万春本人。令狐潮遂在城下对张巡喊话道："昨日见到雷将军，才知道足下军令如山，可惜天道不保佑你，你还是投降算了。"

"呸！你不知道人伦，又哪儿晓得什么天道！"没多久，开城出战，擒贼将十四人，使得令狐潮不敢再出来。

后来，安禄山再派河南节度使尹子奇攻睢阳，睢阳太守许远也是一个忠贞之士，不愿意投降敌人，就向张巡求救。张巡领兵入援睢阳，许远对张巡说："我是不懂一点兵事，公智勇兼备，今后我当为公守城，公即为我作战。"于是他们开始分工合作。

张巡的牙齿

安史之乱时，张巡苦守雍丘，又与许远共同死守睢阳，奋勇不屈……

肃宗至德二年（757 年），贼将尹子奇再围睢（suī）阳，情势愈发危急。张巡在城里头命令兵士们整晚大声击鼓，打得尹子奇的军队通宵不安，而且随时担心张巡军队会追杀而出。

到了天亮了，张巡反而收兵息鼓，贼兵也累了，于是解甲休息。正在此时，张巡突然与大将南霁（jì）云、雷万春等十多位将官，每人各领五十骑，开门突出，直冲贼营，斩贼将五十余人，杀了贼兵五千多人。

张巡想要干掉尹子奇，可是贼兵如此之多，又怎么知道谁是尹子奇呢？他心生一计，把蒿草削尖当成箭射出去。被射中的贼兵发现身上有点儿痒，却并不痛，也没有流血，再一看，敢情是芦草制的玩具箭，一个个大为兴奋，急着向尹子奇报告张巡的箭用光了。

张巡远远见到贼兵都涌向同一个人，心想，这准是尹子奇无疑了。立刻命令南霁云朝此方向射箭，把尹子奇的一只眼睛打瞎了。

尹子奇变成了独眼龙，简直气坏了，再率数万大军火攻睢阳，还是攻不下。可是睢阳城内的粮食快被吃完了，将士们每天只能分到一合米，米吃完了，只好改吃树皮草根，张巡、许远也吃树皮草根，还是不肯投降。甚且有两百名贼兵，被张巡的忠勇所感动，竟然弃贼来降，也加入睢阳死守行列。

南霁云，选自《马骀画宝》。

这时，张巡决定派遣南霁云冒险出城讨救兵，向将领贺兰进明乞援。

南霁云杀出城门，只带了三十骑，贼兵数万前来追杀。南霁云双臂驰射，左右开弓，竟然吓得贼兵不敢靠近。突出重围之后，他快马加鞭来到了临淮。

贺兰进明见南霁云满身伤痕，狼狈不堪，心中暗忖：“不愧为一条汉子。”可是，他不准备分散兵力去解救睢阳。贺兰进明慢条斯理地打着哈哈，用敷衍的口气道：“你出来之后，睢阳城是不是已经失陷了，谁也不知道，我就是派了兵去，又有什么用？”

南霁云没有料到千辛万苦赶了来，贺兰进明竟然是这副爱理不理的死样子。心中恼火万分，又不便发作，只有忍着气说：“睢阳若已陷，霁云以死谢大夫（指贺兰进明），况且睢阳若是不守，临淮也将不保，正如同皮毛相依一般，你怎可以见死不救！”

贺兰进明不再与南霁云讨论出兵的事，只一个劲儿问他累了没有，饿了没有，硬要把他留了下来，搬出最好的酒席、最好的乐队来招待他。贺兰进明见南霁云是个人才，希望他能为己效命。

南霁云的肚子咕噜咕噜地响，但是面对着香喷喷的山珍海味，他却吃不下去。拿起了筷子，又放了下来，流着眼泪说：“霁云此次前来之时，睢阳的人民已经有一个月没有东西吃了，我虽然想一个人饱食一顿，实在咽不下去。你坐拥强兵，坐观睢阳被陷，没有一丝分灾救患之意，岂是一个忠臣义士的所为？”

说着，南霁云把手指伸入口中，用力一咬，竟然啃下一个手指，鲜血淋漓，看着好怕人。他把手指往贺兰进明前面一摆：“霁云既然不能致达张巡主将之意，就留下这个手指，表示我确实来过这一遭。”

在座的人都为南霁云的义薄云天而流泪，接着南霁云又饿着肚子，忍着悲愤，头也不回地奔向睢阳。

睢阳城里的人，自从送南霁云出外讨救兵，日夜盼望他早日归来解围。早也盼，晚也盼，到了最后，终于等到了南霁云，却带来不好的消息，居民们不禁抱头痛哭，捶胸顿足。

张巡，选自《历代名臣像解》。

城里面真是一丁点儿粮食也没有，有人建议弃城而走。可是张巡、许远商量了半天，认为睢阳一丢，江淮不保，贼人可以长驱直入，还是非守不可。

然而，靠什么守呢？树皮草根吃完

了，开始吃马，马吃完了，又掘地鼠，最后地鼠也吃光了。张巡一狠心把自己的爱妾给杀了，叫大家吃人肉，跟着，城中妇人、老弱的男人都拿来吃掉，简直惨绝人寰（huán）。不过，因为上下都不愿意落入贼手，迟早必死，宁可如此。

到了最后，只剩下四百多人了，贼兵又开始攻城，将士们又病又饿，实在不能再拼了。张巡扑通一声，向西边跪了下来，沉重地呼喊："我已经力竭了，还是不能保住此城，生既无以报陛下，死当为魔鬼以杀贼。"

不久，睢阳城陷了，张巡、许远等都被活捉。

被张巡弄瞎一只眼睛的尹子奇问道："听说你每次作战，眼睛都睁得大大的，好像要用力把眼珠子挤出来，奇怪，你牙齿格格作响，这是什么道理？"

"我啊，我恨不得一口吞了逆贼，可惜力量太小！"

尹子奇派兵用力抉开张巡的牙齿，发现仅存三四颗，其他都被他咬碎了，这就是"为张睢阳齿"的由来。尹子奇想劝他投降，手下的人都说："他绝对不会为我们效命的，留着是后患。"于是张巡、南霁云等一并被斩。

颜杲卿的舌头

“疾风知劲草，板荡识忠臣。”在安史之乱中，许多唐朝的大臣望风披靡，纷纷向安禄山投降。但是也有忠肝义胆之士，譬如说张巡、许远，以及我们要介绍的颜真卿与颜杲（gǎo）卿。

提起颜真卿大家都很熟悉，知道他是唐朝的大书法家，尤其是他写的《多宝塔碑铭》最为流行，是楷书的标准字体。后人把颜真卿和唐代的欧阳询、柳公权，再加上宋朝的赵孟頫（fǔ），合称为“欧、柳、颜、赵”四大家，凡是学书法，都要从此入手。

唐代的大书法家柳公权曾经说过“心正则笔正”，的确，颜真卿的字体挺拔端正，一如其人格之方正。

颜真卿生长在书香门第，他的远祖是孔子最钟爱的学生颜渊；他的五代祖，是南北朝时写《颜氏家训》的颜之推；他的从高祖，是唐朝初年著名的大学者颜师古。颜真卿的父亲很早就去世了，他是由母亲一手扶养长大，对母亲十分的孝顺，在开元年间中了进士。

中了进士之后，颜真卿被任命为监察御史，当时五原地方有冤狱，久久不能决，颜真卿到了之后，立刻予以平反。说起来也奇怪，五原地方正在苦旱，狱决之后天上哗啦哗啦下起大雨来了。当地人都高兴地呼喊，说这是“御史雨”。

后来，颜真卿被调为平原太守，他早就看出来安禄山会造反，为着预防战争，主动找机会修筑城池，疏浚（jùn）沟壕，充实仓库。安禄山知道颜真卿在防备，但看他不过一个书生，十分轻视，没有摆在心上。

过了没多久，安禄山果然造反，河朔地带尽陷，只有平原郡因为有防备，没有被攻下，并且积极准备抗贼。颜真卿派了一个代表李平到京城里向唐玄宗报告。唐玄宗正好接到河北郡县皆望风披靡的消息，把军报往地上一甩道："河北二十四郡，难道就没有一个爱国义士？"

等到李平来了，唐玄宗大为高兴，他说："朕连颜真卿长得是个什么样子都没有见过，没有想到他竟然会做得这么好！"啧啧赞叹不已。

颜真卿不但自己努力抗贼，还派遣亲信的宾客到临近的郡县去，共谋大局。许多郡县因此而响应，共同结成一股力量。

安禄山攻下洛阳之后，杀掉了留守李澄、御史中丞卢奕（yì）、判官蒋清，而且把这三个人的脑袋，让段子光带来见颜真卿。意思是要威胁颜等，如果你们不趁早投降，也会落此下场。

颜真卿恐怕兵士们看了害怕，丧失了斗志，于是对诸将道："我曾经见过这三个人，可不是这三颗脑袋的模样。"他又

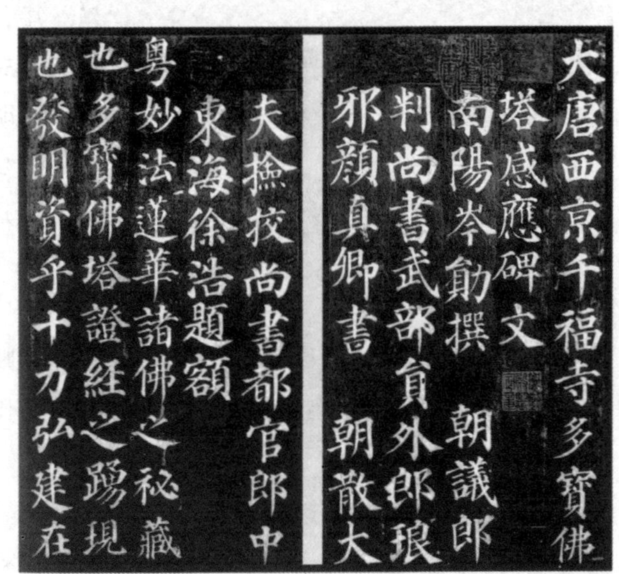

颜真卿楷书帖《多宝塔感应碑》。

担心段子光散播谣言，动摇军心，把段子光给腰斩了。

过了几天，颜真卿再把那三颗脑袋搬了出来，用蒲草帮他们三人扎了身体，勉强凑成一个完尸，好好放在棺材之中予以厚葬，表示对忠臣的尊敬。将士们看到颜真卿的祭哭情形，益发敬重他的为人，也更加同仇敌忾（kài）。

当时，颜真卿的从父（伯叔的统称）兄颜杲（gǎo）卿担任常山（今河北正定）太守，也起兵反抗安禄山，两人暗中联络。颜杲卿发檄文通告河北诸县，说朝廷以荣王为河北兵马大元帅，率兵三十万而来。郡县将领闻之，士气大振，纷纷杀掉贼人守将。于是，一时之间，远近响应，共有十五郡重回唐朝麾下。

颜杲卿，选自《历代名臣像解》。

安禄山大为光火，懊恼颜杲卿惹事，在天宝十五年（756年）派大将史思明前往常山。常山兵少，众寡不敌，不到几天，就完全被攻陷了。

安禄山派人把颜杲卿提到洛阳，亲自审讯。

颜杲卿一路上吃尽了苦头，到了洛阳之时，早已遍体鳞伤，狼狈不堪，一拐一拐地走向前来。

安禄山见到颜杲卿，破口大骂道："你这个小子好没有良心，你本来不过是范阳地方小小户曹，我向朝廷保举你为营田判官，过了没几年，你才能超拔当上常山太守。我有什么地方对不起你，你竟然要反叛我？"

"呸！"颜杲卿睁起铜铃般的眼睛怒声呵斥，"你呢？你本来是在营州地方牧羊的杂种奴才，当今天子赏识你，拔你为平卢、范阳、河东三节度使，可说得上是恩幸无比，哪一点对不起你？我家世代为唐臣，禄位皆为唐朝所有。不错，我升官为你所保奏，但还是唐朝政府所授，我怎么会跟着你造反？"

颜杲卿一口气说了半天，安禄山气得浑身发抖。颜杲卿稍微一顿，又指着安禄山的鼻子，用更严厉的声音指责道："我为国讨贼，只恨我不能斩了你，哪儿称得上造反？你这个满身羊膻气的羯狗为什么还不杀了我？"

安禄山更气了，嚯地站了起来，拍着桌子道："把他拖出去，绑在桥柱上，一刀一刀割他的肉，看他这片烂舌头还敢不敢放肆？"

于是，颜杲卿被五花大绑捆在桥柱上，一刀一刀割颜杲卿的肉。一片一片的肉滴着鲜血而下。颜杲卿忍着刻骨铭心之痛，仍然骂个不停，一直到最后，一直到他咽下最后一口气，正像唐玄宗给颜真卿的诏书中所说："卿之一门，义冠千古。"

无论颜杲卿的舌头，张巡的牙齿，南霁云的手指，都是让我们后人所敬佩的。所以文天祥的《正气歌》说："为张睢阳齿，为颜常山舌；是气所磅礴，凛烈万古存，当其贯日月，生死安足论？"张巡守睢阳，齿牙皆碎，颜杲卿守常山，骂贼不绝口，这股广大充塞的正气，当它贯通日月，永存天地之间，生与死又何足挂齿？——这就是我们中华民族的浩然正气。

郭子仪单骑退敌

提起郭子仪郭令公，大家都很熟悉。许多历史上的名将如卫青、霍去病都是年少得志。可是郭子仪稍露头角之时，已经五十多岁快六十了。如果不是身体强健，怎能再在沙场上带兵打仗？

郭子仪身长六尺余，体貌秀杰。父亲郭敬之，历任五州刺史。郭子仪长大以后，参加武科举的考试，以高分录取，一直担任下级军官的职务。

天宝十四年（755 年），安禄山造反，朝廷命令郭子仪以朔方节度使的名义戡（kān）乱。郭子仪的人马不多，可是他斩贼将周万顷，又击败贼将高秀严，声威大振。

第二年，安禄山的军队活捉颜杲（gǎo）卿，河北郡县都落入敌手。郭子仪率军反攻，他采用贼来则守，贼去则追，夜袭敌人的游击策略。一连几天下来，敌人已疲累不堪。然后，郭子仪发动大规模攻势，把贼将史思明打得披头散发，光着脚丫子，落荒而逃。于是，河北十余郡县都斩贼将迎接王师。

哥舒翰潼关失守之后，唐玄宗仓皇西奔，杨贵妃惨死于马嵬驿。玄宗逃到四川，其子肃宗在灵武即位，而安禄山也自建国号为燕国，大过皇帝瘾。肃宗即位后，收集残兵败马，重整旗鼓，其中最主要的一支力量就是郭子仪。他被任命为兵部尚书，同中书门下平章事又兼灵州大都督府长史、朔方节度使，可见得朝廷对他的重视。

不久，肃宗又命郭子仪去收复长安及洛阳两京。正巧此时，安禄山被他的儿子安庆绪所杀，叛兵内部分裂。郭子仪请来了四千回纥兵帮忙，在长安城西边香积寺的北面，展开了生死大战。结果在一天之中，斩了贼兵六万多名，长安城的老百姓，夹道欢呼，流着眼泪道："没想到这辈子还能见到官军……"

唐肃宗在灵武得到捷报，欣喜万分，亲自到灞（bà）上去宣慰郭子仪的军队，对他说："虽吾之家国，实卿之再造。"郭子仪叩头谢恩。

自此以后，河东、河西为贼所陷的郡县，次第光复，只剩下安庆绪及史思明的残部了。本来这是轻而易举的事，偏偏唐肃宗表面上对郭子仪赞美不已，骨子里仍然不放心他手握大权。于是借口郭子仪与另外一位大将军李光弼都是国家元勋，地位都差不多，谁统属谁都不相宜，所以不设元帅，竟然找了一个什么也不懂的太监鱼朝恩监督他二人。

太监宦官者，本来是在宫中担任扫除之类的家奴，可是从唐玄宗以后，宦官逐渐干涉起朝廷的政治。在唐朝的史料之中，宦官常奉皇帝差遣出外办事，称之为"中使"。

鱼朝恩不但得以干涉军政，命令郭子仪等大将，而且后来又被任命为国子监，等于国立大学的校长，专权使气，公卿不敢仰视，连宰相也要怕他三分。每次讨论军国大事，都得以他的意见为意见，而且他还颇为张狂地说："噢，天下事还有不由得我的吗？"

鱼朝恩十分嫉妒郭子仪的功劳，又愤恨郭子仪的威名当代无出其右。加上郭子仪是正人君子，不屑贿赂这种奴才，于是鱼朝恩在肃宗面前大进谗言。最后，肃宗竟然借故把郭子仪的兵权解除，把他的军队分交给李光弼（bì）及仆固怀恩两人。

郭子仪的军队都气坏了，甚且有人主张背叛朝廷，不必理会这个糊涂皇帝。可是郭子仪本人毫不在意，交出兵权之后，回到长安。

此时，唐朝军队发生一种很坏的现象，就是大将经常被部下所杀。肃宗非常忧虑，最后只有派郭子仪去镇压，肃宗对他说：“河东之事，一以委卿处理。”郭子仪一出马，各方拥护，一会儿叛乱自停，军纪恢复严整。

郭子仪不费一兵一卒，平定了乱事。回来之后，肃宗病死，代宗即位，除了信任原有的太监李辅国、鱼朝恩之外，还加了一个新的程元振，三个人连成一气，一块儿攻击郭子仪。

代宗也担心郭子仪功高难制，居然派他担任肃宗山陵使。让一代名将去守肃宗的坟墓，实在太过分了，可是郭子仪仍然平静地接受了任务。

此时，仆固怀恩勾结回纥起兵作乱。虽然仆固怀恩本人在半路上得病死了，这几十万叛军还是继续前进，朝廷大为恐慌，只有再请出郭子仪。郭子仪此时已七十九高龄，仍然不计前嫌，老将再度出马，一共只带一万多人马。

郭子仪单骑入敌营，选自《马骀画宝》。

他的部属对兵力悬殊都十分着急。郭子仪却胸有成竹，率了三千骑兵一马当先。

回纥问：“这是谁？”

“郭令公啊。”

“郭令公还活着？”回纥（hé）大为吃惊，“仆固怀恩告诉我等，天可汗已弃四海，令公亦谢世。”

郭子仪急着要去见回纥，

诸将谏曰："戎狄之心，不可信也。"郭子仪不肯。诸将又谏："否则，请选铁骑五百卫从。"郭子仪还是不肯，他大手一挥道："此足以坏事。"

说着，郭子仪脱去盔甲，掷去枪矢，缓缓骑马而来。大家一看，果然是郭令公，争相舍兵下马齐拜曰："果吾父也。"

就这样，郭子仪又平定一场乱事，他真是中国忠勇精神的代表！